레전드급 낙오자 4

홍성은 장편소설

초판 1쇄 찍은 날 § 2020년 4월 9일
초판 1쇄 펴낸 날 § 2020년 4월 16일

지은이 § 홍성은
펴낸이 § 서경석

총괄팀장 § 노종아
편집책임 § 강서희
디자인 § 소소연

펴낸곳 § 도서출판 청어람
등록번호 § 제387-1999-000006호
등록일자 § 1999. 5. 31
어람번호 § 제1-3042호

주소 § 경기도 부천시 부일로 483번길 40 서경B/D 3F (우) 14640
전화 § 032-656-4452 팩스 § 032-656-4453
http://www.chungeoram.com
E-mail § chungeorambook@daum.net

© 홍성은, 2020

ISBN 979-11-04-92181-0 04810
ISBN 979-11-04-92131-5 (세트)

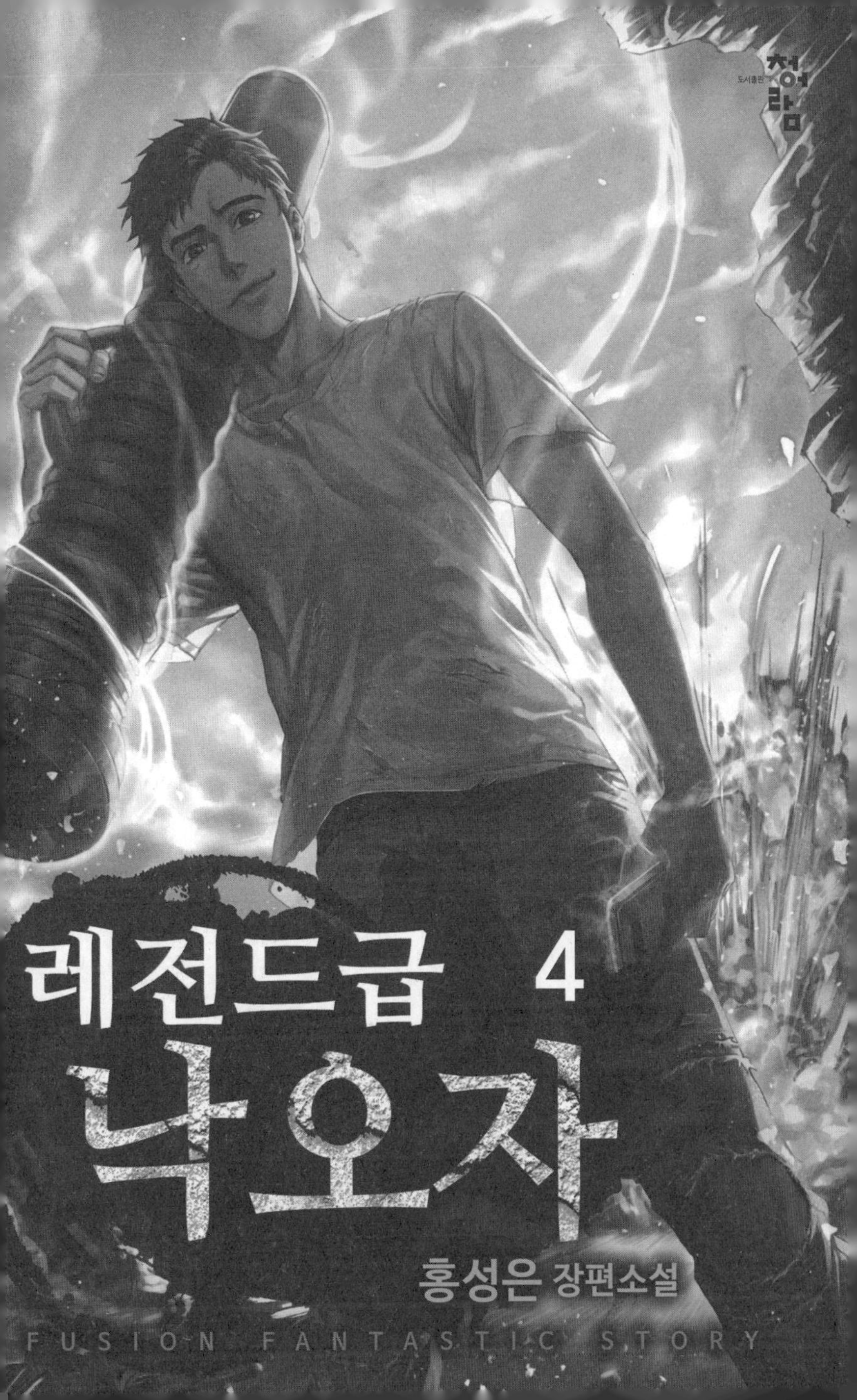
도서출판 청어람
레전드급 4
낙오자
홍성은 장편소설
FUSION FANTASTIC STORY

레전드급
낙오자

목차

Chapter 1

　단숨에 트롤의 우호도 500을 확보하고, 그 우호도가 신앙
으로 승화되면서 내게도 그 대가가 신성이라는 지표로 되돌
아왔다. 단순히 식량을 나누는 것만으로 우호도가 400이나
오를 리 없으니, 내가 말한 정의라는 단어가 트롤들의 뭔가를
찌른 모양이었다.

　그래서 좀 물어보니, 트롤 수장은 기다렸다는 듯 이야기를
시작했다.

　"본래 저희는 이 땅의 지배자이자 포식자이고 다른 누구보
다도 강력한 존재였습니다. 그렇기에 저희는 저희의 정의를 믿
어 의심치 않았습니다. 강한 자야말로 정의. 그것이 저희의 정

의였습니다."

그러나 트롤들은 '신', 아마도 이 지역의 관리를 떠맡은 인퀴지터와 조우하고 그에게서 벌레보다 못한 것들 취급을 받게 된다.

이 지역에서 가장 강하기에 가장 정의로웠을 터인 트롤들이 약자, 트롤들의 표현으로는 '악'이 되어버리는 순간이었다.

더욱이 '신'이 찾아온 후, 이 땅의 가장 사악한 존재, 그러니까 가장 약한 벌레들이 커져서 트롤들을 잡아먹기 시작했다. 거대 모기들이 그것이다.

불과 며칠도 안 될 짧은 시간동안, 이 지역의 패자로서 오랜 시간 군림해 오던 트롤들이 믿던 정의는 그들을 찌르는 비수가 되어 돌아와 버리고 만 셈이다.

"저희는 저희가 믿던 정의가 틀렸다는 것을 비로소 알았습니다."

상황이 바뀌니 손바닥을 뒤집는 트롤들의 태도는 그야말로 비겁하다 할 만했으나, 자신들의 생존을 부정하는 정의를 계속 믿고 있을 수도 없는 일이었다.

그들은 이 습지에서 가장 약한 존재로 전락했다. 그것은 숨 쉬는 것마저도 허락받지 못할 악이자 불의였다. 그러나 그들은 스스로 목숨을 끊는 것마저 허락받지 못했다.

다른 지역의 '멸균 작업'에는 꽤나 공을 들이던 관리자들이다. 형평성을 따지자면 트롤들도 전멸해야 정상이었으나, 이렇게 많은 트롤들이 살아남은 데는 이유가 있었다.

트롤의 피가 유익하다는 것이 그 이유였다. 이용당하는 트롤 본인들은 자신들의 피가 어떤 용도로 쓰이는지 잘 모르고 있었지만, 수장이 주워듣기로는 피부에 바르면 미용에 좋다고 피를 뽑아가는 일도 있었다고 한다.

원래는 가나안 계획으로 인해 이곳에 찾아올 지구 인류에게 트롤들은 딱 좋은 '사냥감'이 될 운명이었으리라. 어쩌면 '특산물'이 될 수도 있었을 테고.

이상하게 습지대에만 필드 보스가 없던 이유도 이걸로 밝혀진 셈이다. 필드 보스는 인퀴지터들이 '살균 병기'라 지칭하기도 하던데, 이 지역은 '살균'할 필요가 없으니 배치하지 않은 것으로 해석할 수 있다.

아무리 트롤들의 피가 유익하다 한들 수가 너무 많이 불어나면 곤란하다며, 모기들에 의해 떼 몰살을 당하는 경우도 간혹 있었다고 한다. 그 이후로 트롤들은 스스로 산아제한을 하면서 되도록 관리자들이 나서지 않게 노력했다고도 말했다.

어쨌든 트롤들은 그렇게 관리자들에 의해 개체수 조절을 당하며 무기력하게 생을 이어나가고 있었다고 한다.

"그렇게 벌레와 같이 살던 저희에게, 이진혁 님께서 새로운 정의를 가져다주셨습니다."

트롤들 스스로는 그들 자신의 정의를 바꿀 수 없었기에, 그들은 외부로부터의 자극을 필요로 했다. 트롤 수장이 직접적으로 그렇게 표현하진 않았지만, 내가 볼 땐 분명 그랬다.

바로 그때 찾아온 게 나였다.

트롤들이 기존에 갖고 있던 정의관으로 볼 때, 그 누구보다도 정의로운 자. 그럼에도 불구하고 트롤들의 정의를 부정하는 자.

트롤들의 존재 이유를 긍정해 주고, 그들이 새롭게 믿을 정의를 가져다준 선지자.

어쩌다 보니 내가 그런 존재가 되고 말았다.

그야말로 뒷걸음질 치다 쥐 잡은 격이지만 좋은 게 좋은 거다. 그렇게 해서 나는 귀하디귀한 신성을 손에 넣었고, 트롤들은 자신들의 생존을 긍정할 수 있게 되었으니.

기분이 좋아진 나는 트롤에게 깨끗한 물과 식량을 나누며 베풀었다. 이미 우호도는 한계돌파 해 더 이상 뭔가 나눠 줄 필요도 없지만 기분이다!

"오늘은 연회다! 마음껏 먹고 마셔라!!"

어차피 [오병이어] 덕에 내가 쓸 돈은 금화 한 개분도 안 됐다. 금화 단 하나로 이들 전부를 배불리 먹일 수 있다면야 아끼는 게 구두쇠지! 물론 난 구두쇠지만 오늘만큼은 예외다!

"감사합니다!"

"감사합니다, 선지자시여!"

이 와중에도 우호도가 추가로 오르기도 했다. 그게 유의미한 양은 아니라서 신성이 추가로 불어나진 않았지만 뭐 어떤가.

"그러고 보니 호수 지역에 세이렌들이 돌아왔더군."

연회 분위기가 무르익는 와중에, 나는 잡담처럼 세이렌들의 이야기를 꺼냈다. 내 말에 트롤 수장은 눈을 빛냈다.

"그게 정말입니까? 그들은 우리의 오랜 적수였습니다."

"그것은 그들이 약하기 때문이었겠지?"

"! …그렇습니다."

트롤들의 이야기에서 유추할 수 있었다. 기존의 트롤들에게 있어 세이렌은 '악'이었으리라. 그러나 새로운 정의를 믿게 된 그들은 더 이상 세이렌을 악이라 여겨선 안 된다.

"강요는 않겠지만 그들에게도 내 가르침을 전파하는 것도 좋을 터. 그들에게 내 이름을 밝히면 그들도 무조건 적대시하지는 않을 테니."

"…새겨듣겠습니다."

이것도 하나의 시도다. 내가 처음 조우했던 드워프와 오크들은 [이진혁교]를 믿으며 내게 신앙을 생성해 주고 있는데, 그 조건이 신도의 숫자가 세 자릿수에 이르는 거였다.

그렇다면 이 트롤들과 호수의 세이렌들도 합쳐서 세 자릿수에 이르면 내게 신앙을 생성해 줄 수 있지 않을까? 그런 흑심이 가득 담긴 제안이었다.

뭐, 되면 좋고 안 되면 마는 거지만. 다행히 트롤 수장은 내 제안을 새겨듣는 자세다.

"자, 그럼 나는 이만 떠나겠네. 이 습지대는 이제 자네들의 것이니 부디 번성하게."

"이 은혜를 어찌 갚아야 할지……."

"그것은 간단하네."

나는 마지막까지 허세를 가득 모아 말했다.

"정의를 실천하게."

새로운 정의를.

*   *   *

트롤들 영역에서 충분히 멀어지자, 그동안 조용히 있던 안젤라가 입을 열었다.

"저기, 선배. 뭐가 어떻게 된 건지 하나도 모르겠는데요……."

"어쨌든 너 퀘스트는 깼지?"

"네. 접촉 퀘스트요."

우호도 퀘스트는 뜨지 않은 모양이다. 하긴 나도 드워프 불 피워 주고 우호도 먼저 받고 퀘스트는 나중에 받았지.

"그럼 됐지, 뭐."

"그런가요?"

"그래."

"그런가 보네요."

안젤라는 납득한 듯 포기한 듯 애매한 태도로 대꾸했다.

"저기, 선배."

"응?"

"저도 빵 좀 나눠 주세요."

묘하게 입술을 삐죽 내민 게, 자기만 빵을 나눠 주지 않았다고 조금 삐친 것 같았다.

"하핫, 그래."

이러다 정들면 안 되는데. 정들겠다.

*　　　*　　　*

습지대를 벗어나자, 그곳은 정글이었다.

몇 달 전에는 눈이 그치지 않은 설산에 있었는데 말이다.

하긴 아프리카의 킬리만자로에도 만년설은 쌓였지. 나는 깊이 생각하지 않기로 했다.

어쨌든 정글은 좋다. 열대우림의 빽빽하게 솟아오른 나무는 하늘에서의 정찰을 방해하기 딱 좋은 지형지물이니까.

"정글 안으로 들어가자."

내 지시를 들은 안젤라는 눈을 휘둥그레 떴다.

"네? 정말로요?"

"그래. 정글은 숨기 좋은 곳이잖아. 나는 몰라도, 너는 도망자라는 사실을 잊지 마."

"네……."

그런데 안젤라는 정글로 들어가는 게 내키지 않은 듯 고개를 푹 숙였다.

하긴 그런가. 정글은 벌레도 많고 그러니까. 여자애가 좋아할 만한 환경은 아니지. 아무리 병이나 독에 강한 플레이어라도 취향이란 건 있는 법이다.

그러나 나는 그런 안젤라의 소극적인 불만 표출을 무시했다. 그녀에게 호의를 산다고 내가 뭘 얻는 게 있는 것도 아니고. 애초에 정글행은 그녀를 위한 것이니.

아니, 이건 솔직하지 않은 생각이다. 솔직하게 털어놓자면 정글에 적당한 퀘스트 대상이 있을까 싶어서 들어가는 거다. 퀘스트를 확보하고 해결해서 금화도 벌고 기여도도 벌고, 혹시 살아남은 인류 종족이 있으면 겸사겸사 신성도 확보하고.

그리고 사실 나도 좀 숨어서 시간을 끌 필요가 있다. 일단 트롤들의 신앙을 확보해 급한 불을 껐지만, 그간 강적들을 상대하느라 소모한 신성을 회복할 시간을 벌어야 하니까.

하는 김에 [응보의 때]의 수련치도 좀 쌓고 숙련도 랭크도 올리고 싶다. [위장 자폭]도 유용해 보이니 성장시켜 두는 것도 나쁘지 않겠지.

설령 합성 재료로 쓰게 된다 하더라도 미리 랭크 업을 달성해 두는 편이 더 유리하다.

딱히 쓸데가 없어서 내버려 뒀던 [마안: 파괴광선]은 어떻게 할까? S랭크를 달성해서 옵션을 달면 원래는 다른 계열로 따로 묶였던 스킬과도 합성 메시지가 뜰 가능성이 있다는 걸 알게 된 이상, 어쩌면 성장시키는 게 더 나을지도 모른다.

그동안은 유니크급 스킬을 성장시키는 것보다는 같은 계열 레어 스킬을 성장시켜서 합성시키는 게 더 효율적이라 생각해 적당한 합성 재료가 생길 때까지 내버려 두기로 했었지만, 지금은 이야기가 달라졌다.

내 주력 공격 스킬들을 [진리명경]에 다 갈아 넣어버린 탓에, 내겐 신성을 소모하지 않는 공격 스킬이 지금 당장 필요해졌다. 그리고 [마안: 파괴광선]은 그 후보로 적합했다. 가능하면 레전더리 유니크 스킬이 딱 좋겠지만, 그런 스킬은 돈 주고도 못 사니 어쩔 수 없다.

그리고 크리스티나가 돌아오면 카자크를 패퇴시킨 전공과 안젤라를 함장으로 받아들인 전공의 보상을 받고, 쥬디케이터인지 뭔지 하는 놈들을 죽인 전공을 계산시키러 또 보내야 했다. 전공의 보상도 소화시켜야 하고. 그리고 보니 아직 남겨둔 5성 요리도 먹어야지.

이런 일련의 작업을 교단의 끄나풀이 돌아다닐지도 모르는 개활지에서 할 순 없다. 그러니 정글행은 내게도 필요한 일이다. 이런 상황인데 안젤라의 어리광을 받아줄 수야 없지.

"웰컴 투 더 정글!"

"신나셨네요."

"기분 탓이야!"

그렇게 우리는 정글 안으로 들어갔다.

*　　　*　　　*

나와 안젤라가 정글에서 시간을 보낸 것도 어느새 8일째다.

정글에는 식인 보아뱀으로 가득했지만, 다른 동물의 모습은 보이지 않았다. 아마 관리자들에 의해 구제되어 버린 것이리라. 아무래도 여기 살던 인류 종족도 그들에 의해 멸균 당했을 가능성이 높았다. 그 흔한 벌레조차 찾아볼 수 없으니 말이다.

벌레가 없는 것을 안젤라는 다행스럽게 여겼지만 나는 실망했다. 내가 아는 정글은 이렇지 않으니까. 들어올 때만 해도 웰컴 투 더 정글을 호기롭게 외쳤는데 말이지.

식인 보아뱀들은 토벌 퀘스트 대상이었지만 이것들을 싹다 잡아버릴 수는 없었다. 안젤라의 언급으로 이들을 잡으면 주변의 관리자에게 메시지가 날아간다는 사실을 알게 되었으니. 금화랑 기여도 좀 벌자고 벌집을 들쑤실 순 없는 노릇이다.

애초에 정글에 숨어 있으려고 들어온 건데 그런 짓을 했다간 본말전도다.

그래서 우리는 적당한 은신처를 찾아 그 주변만 간단히 정리하고 머무르기로 했다. 동물이 하나도 없는 대신 식물들은

풍부했기에, 우리는 적당히 수풀을 자르고 나무를 쌓아 그럭
저럭 괜찮은 주거 공간을 만들어낼 수 있었다.

그것이 8일 전의 일이었다. 안젤라와의 공동생활을 시작한
지도 그만큼의 시간이 지났다.

확실히 말해서 안젤라는 매우 아름답다.

그리고 나는 특별히 성적 기능에 문제가 있다거나 하지는
않다.

게다가 여기는 정글, 다른 사람의 모습이 보이지 않는 오
지. 여긴 나와 안젤라, 단둘뿐.

이런 상황이다. 남녀 사이의 어떤 일이 발생하는 게 당연하
지 않을까?

그러나 그런 일은 없었다.

그 이유는 간단했다.

내가 안젤라에게 성적인 매력을 느끼지 못했기 때문이다.

전혀, 눈곱만큼도!

멀쩡하고 정상적인 남자가 어린아이를 상대로 발정하지 않
듯, 비둘기가 참새를 상대로 욕정을 느끼지 않듯, 나는 안젤라
를 그런 대상으로 생각할 수가 없었다.

어떤 저주나 디버프에 당한 게 아니니, 원인은 내게 있을 터
였다. 그리고 그 원인에 대해서는 깊이 생각할 필요도 없이 금
방 떠올릴 수 있었다.

말 그대로, 내겐 안젤라가 인간으로 보이지 않았다.

*　　　*　　　*

　실제로 안젤라는 인간이 아니다.

　인간이 저런 빛의 날개를 달고 다니던가? 안젤라가 아무리 지구인 '출신'이라지만, 출신은 출신일 뿐이다. 지금의 그녀는 천사다. 어떤 비유 같은 게 아니라, 그냥 종족이 천사. 인간이 아니다.

　결론적으로 정글에서의 시간은 결코 로맨틱한 것이 될 수 없었다.

　그 대신 우리는 매우 비즈니스적이고 상호 호혜적인 시간을 보냈다.

　안젤라는 뭔가 스킬을 쓰고, 나는 그녀를 [현묘한 간파]로 응시한다. 그리고 그 대가로 나는 안젤라에게 뭔가를 제공한다.

　처음에는 금화를 주었지만, 일반 동맹원인 그녀는 인류연맹의 상점에서 살 수 있는 게 매우 한정되었기 때문에 곧 내게 대리 구매를 부탁하게 되었다.

　안젤라가 내게 주로 부탁하는 건 기호품이었다.

　"인류연맹은 정말 훌륭하군요! 교단에선 결코 이런 걸 맛볼 수 없었어요!!"

　최근 안젤라는 홍차에 푹 빠져 있었다.

금화 1,000개짜리 찻잔 세트를 애지중지하며 인벤토리에 고이 모셔놓는 건 내 입장에선 도저히 이해하기 힘든 일이었다. 그렇게 비싼 찻잔 세트를 사놓고 정작 홍차를 마실 때는 레플리카 찻잔에 담아 마시는 것도 이해하기 어려운 일이었다. 그것도 금화 100개짜리 홍차를 마시면서 말이다!

그렇다고 굳이 행복해하는 안젤라를 깨우치려 들거나 비웃거나 별다른 오지랖을 부리거나 하지는 않았다. 사람의 행복은 제각각인 법이니.

게다가 안젤라 덕분에 내 스킬창이 풍요로워진 것 또한 사실이다.

안젤라도 인스펙터였던 만큼 꽤 많은 레전드급 스킬을 지니고 있었지만, 몇 번 경험했던 대로 레전드 스킬은 [간파]로도 뜯어낼 수가 없었다. 유니크급 스킬은 낮은 확률로 가능했지만 이건 안젤라가 비싸게 팔려고 묵혀두고 있었고.

그래서 안젤라와 나의 주거래 품목은 슈퍼 레어 스킬이었다.

지금까지 나는 안젤라에게서 15개의 슈퍼 레어 스킬을 뜯어내 두었다. 물론 적절한 대가를 지불하고 말이다.

상점에서 슈퍼 레어 스킬만 사려고 해도 금화가 기본 2만 개씩은 깨지는데, 그녀를 상대로는 단 몇천 골드만을 소모하면 되니까. 뭐 서로 윈윈이다.

사실 가장 승리한 건 링링이지만 말이다.

상점창을 열 때마다 그녀의 입이 함지박처럼 벌어지는 걸 목격할 수 있다. 악성 재고로 잔뜩 쌓여 있던 사치품들을 처분할 수 있어서 매일매일이 행복하단다.

게다가 링링의 매출은 그저 사치품 몇 개를 처분하는 것에 그치지 않았다.

안젤라에게서 얻은 스킬들은 꽤나 중구난방이라, 같은 계열로 묶고 합성시키는 데에는 다른 스킬들이 필요했다. 그 스킬들을 전부 링링을 통해 샀으니, 사치품을 포함하여 요 8일간 링링이 올린 매출은 금화 5만 개를 이미 넘겼다.

합성 대상이 될 스킬의 숙련도 랭크를 미리 올리는 작업을 하기도 했다. 아무래도 슈퍼 레어 스킬보다는 레어 스킬 쪽이 스킬 포인트 소모가 적은 탓에, 주로 레어 스킬을 선택했다. 레어 스킬 강화권을 사다 해당 스킬을 5강까지 찍어두는 작업이야 당연히 하는 거였고.

이렇게 합성 준비까지 다 마쳤는데도 아직 실행을 안 한 이유는 크리스티나가 돌아오길 기다리고 있어서였다. 나는 그녀가 가져올 스킬 추첨권이나 선택권에 큰 기대를 걸고 있었다.

목표는 레전더리 유니크 스킬을 만드는 것. 그것도 주력 공격 수단으로써 쓸 만한 스킬로. 가능하면 마력 기반이면 더 좋을 것이다.

그리고 원래대로라면 5성 요리를 해치울 계획이었는데, 그걸 지금까지 미룬 것에는 이유가 있다. 물론 안젤라에게 주기 싫다는 유치한 이유 따윈 아니었다. 애초에 [오병이어]가 있는데 그건 이유가 되지 않는다.

진짜 이유는 이거다. 내가 아직 덜 굶은 건지, 빵으로 얻는 경험치가 좀처럼 늘지 않고 있다. 이 상태에서 5성 요리를 먹어봤자 만족할 만한 경험치를 얻을 수 있을지 의구심이 든다. 그래서 지금부터 아예 며칠간 굶어볼까 생각 중이다.

"저기, 선배."

내가 그런 생각을 하고 있으려니, 홍차를 마시던 안젤라가 내게 말을 걸었다.

"왜?"

"여기에 우리 집 짓는 거 어떻게 생각해요?"

안젤라의 뜬금없는 발언에 나는 눈을 두 번 깜박이려다가 말았다. 상태창 켤 뻔했네.

"집? 집 있잖아."

나는 '우리 집'을 가리키며 말했다. 그러자 안젤라는 한숨을 내쉬었다.

"보통 이런 나무 덩굴을 얼기설기 엮어놓은 걸 집이라고 부르진 않아요. 비도 다 새는데."

"비버들이 그 말 들으면 울 거다."

"비버 집에도 물은 안 샐걸요. 잘은 모르지만."

그럴지도 모른다. 안젤라의 반론에는 묘한 설득력이 있었다.

그래……. 비버도 자기네 집에 비가 새는 지붕을 엮진 않겠지.

"그런데 우리가 비 맞는다고 감기 걸릴 군번도 아니고……."

하지만 비버보다 못한 곳에 산다는 비참함보다는 당장의 귀찮음이 더 먼저 다가왔다.

"이 비싼 홍차에 빗물 섞이는 거 싫다고요."

난 아무래도 상관없다고 대답하려다가 문득 입을 닫았다.

5성 요리를 먹을 때 비가 온다면… 맛이 없어지겠지?

확실히 이 지역은 괜히 열대우림이 아닌지라 비가 자주 온다. 게다가 이번에도 만한전석 같은 요리가 걸리면 먹느라 시간을 엄청 쓸 텐데, 먹기 시작할 땐 비가 안 오더라도 도중에 비가 와버리면 모처럼의 만찬에 이물질이 섞이게 된다.

"그건 곤란하지."

"그렇죠?"

"지붕이라도 올리자."

"…일단 그거로라도 타협하죠."

그렇게 우린 집을 짓기로 했다.

*   *   *

집 짓는 데 시간은 하루면 충분했다.

"선배, 솜씨 좋네요. 목수 스킬 올리셨어요?"

"아니, 네 말대로 솜씨가 좋은 거야."

솜씨 능력치가 말이다.

그야 목수나 건축가처럼 훌륭한 건축물을 올리는 거야 당연히 무리지만, 나무를 잘라서 합판으로 만드는 것은 가능했다. 그리고 못과 목공용 접착제, 방수 페인트 등을 상점에서 사다 박고 붙이고 칠하면 끝.

"생김새는 이상하지만 우리 집이 생겼네요!"

"솜씨는 좋지만 건축가 스킬은 없으니 말이야."

집이라기보다는 텐트에 가까운 모양새의 집이 완성됐다. 보기엔 좀 안 좋아도 둘이서 먹고 자고 생활하기엔 충분하다.

"그런데 선배, 여기 언제까지 있을 거예요?"

"집 만들기 전에 그 질문부터 해야 했던 거 아냐?"

"아뇨, 막상 집이 생기니 애착이 생겨서."

"이런 집에?"

"우리 집이잖아요."

뭐, 마음만 먹으면 여기에 좀 더 오래 머무를 수도 있다. 식량과 식수는 상점을 통해 보충하고, 상점을 이용할 금화는 식인 보아뱀 몇 마리 잡아서 마련하고. 물론 일정 이상 잡아버리면 교단에서 반응할 테니 안 되겠지만, 어쨌든 오래 버티고 있을 환경은 받쳐주는 셈이다.

"…일단 지나가는 비는 피하고 생각해 보자고."

생각하기 귀찮았다는 게 진심이다.

"그거 지금 비유법이죠?"

"말해야 아나."

대충 알아먹었으면 됐다 싶었다.

그건 그렇고, 겨우 하루 굶는다고 빵이 맛있어질 리는 없다. 강건 능력치가 너무 높아서 집 짓는 것 정도는 중노동 축에도 안 들어가고. 몸을 움직이면 음식 맛이 좀 좋아질까 싶어서 한 일이기도 한데, 아무래도 별 효과는 없는 것 같았다.

이럴 때 딱 좋은 방법이 하나 있는데. 이제까지는 꽤 망설이고 있었던 방법이기도 하다. 그것은 여태껏 여러 번 써먹어 왔던 방법이기도 했다.

바로 진리대주천을 돌리는 것이다.

물론 지금의 내 스킬 목록엔 진리대마공이 없고, 그렇다 보니 당연히 그 하위 옵션이었던 진리대주천도 사용할 수 없다. 그러나 나는 이미 스킬의 영역에서 벗어나 내 스스로 진리대주천을 돌리는 법을 터득한 상태였다. 충분히 돌릴 수 있다.

진리대주천 한 바퀴 돌리고 나면 속도 싹 비워질 거고 마력도 쌓이고 어쩌면 숨겨진 옵션을 벗겨낼 수 있을지도 모른다. 얼마나 좋은가? 그럼에도 불구하고 이 방법을 선택하지 않은 이유는 안젤라 때문이었다.

알다시피 진리대주천을 돌리는 동안 나는 무방비 상태가 된다. 그걸로 끝나는 것도 아니고, 잘못하면 [주화입마]에 들 수도 있다고 시스템은 경고해 왔다.

여태까지 이러한 위험성을 알고 있으면서도 내가 진리대주천을 돌릴 수 있었던 건 직감을 믿었기 때문이었다. 위협적인 대상이 다가오면 직감이 먼저 반응할 거고, 그럼 난 진리대주천을 멈추면 된다고 생각해 왔기에 가능한 일이었다.

하지만 안젤라는 그렇게 쉬운 상대가 아니다. 애초에 그녀와 처음 조우했을 때만 해도 그렇다. 그녀가 살기를 드러내기 전까지, 나는 그녀의 접근조차 눈치채지 못했다. 아무래도 특기로 보이는데, 잘은 몰라도 엄청 랭크가 높은 특기일 것이다.

만약 내가 무방비 상태로 대주천을 돌렸다가 안젤라가 마음을 바꿔 먹기로 하면? 상상만 해도 끔찍하다.

그래서 나는 안젤라 옆에서 진리대주천을 돌리길 꺼렸다.

그런데 지금 와서 다시 진리대주천 생각을 하는 이유는 이 정글에서의 열흘 좀 안 되는 생활을 하는 동안 안젤라를 어느 정도 믿을 수 있는 상대로 받아들일 수 있게 된 덕분이다.

여러 번에 걸쳐 상호 호혜적인 거래를 성사시킨 점. 그리고 바로 오늘 그녀와 힘을 합쳐 같이 집을 지어본다는 경험으로 인해, 적어도 약속을 지키는 거래 대상이자 동업을 하기에 나쁘지 않은 상대로서 안젤라를 생각하게 되었다.

게다가 자기가 배신할 상대에게 스킬을 펴 주고 홍차나 찻잔 같은 걸 받아 올 호구가 세상에 어디 있을까? 안젤라가 멍청이도 아니고. 잘 생각해 보면 어쩌면 지금까지 이뤄졌던 거래는 모두 안젤라가 자신을 한 번만 믿어달라는 제스처일 수도 있었다.

이렇게까지 하는데 이제 한 번쯤 믿어 봐도 되지 않을까?

게다가 보험이 없는 것도 아니다. [1UP 코인]이 아직 하나 남아 있다. 마지막 하나라 허무하게 날리고 싶지는 않지만, 사람 하나 손절하는 값으로는 그럭저럭 적절한 건지도 모른다.

좋아.

나는 마음을 다져 먹었다.

"안젤라."

"네, 선배."

"할 말이 있어."

내가 그렇게 말하자, 안젤라는 눈을 크게 뜨곤 그 자리에서 숨까지 멈추고 굳어버렸다. 뭐야? 왜 이러지? 나도 따라서 긴장해서 그녀를 지켜보고 있으려니, 뒤늦게 각오를 다지기라도 한 듯 그녀는 갑자기 깊이 숨을 들이켰다 내쉬었다. 그렇게 몇 차례 심호흡을 한 후, 그녀는 내게 묘한 기대감과 긴장감이 뒤섞인 표정을 보이며 입을 열었다.

"드디어 결심하셨군요."

"응?"

"아뇨, 아무것도. 전 각오 됐어요."

"무슨 각오?"

"그걸 제 입으로 말씀드릴 순 없죠."

이 여자가 무슨 소릴 하는 거지? 나는 눈을 두 번 깜박일

뻔했다가, 한 번으로 멈췄다. 뭐 상관없지. 난 원래 하려던 이
야기를 꺼냈다.

"내가 말이야……."

진리대주천을 돌리겠다는 말을 그렇게 꺼내자, 이번에는 안
젤라가 눈을 두 번 크게 깜박였다. 그러다 다시 한번 눈을 깜
박여 상태창을 끄는 게 보였다. 왜 저러지?

"그게 전부예요?"

"뭐가?"

"저, 선배. …저 예쁘지 않아요?"

"응, 예뻐."

비록 성적 매력은 털끝만큼도 못 느낀다 한들, 그녀의 아름
다움까지 부정하는 것은 아니다. 안젤라에겐 잘 세공된 유리
구슬 같은 아름다움이 있다.

"고마워요. …아니, 그런데 왜!"

"뭐가?"

"…아무것도 아니에요!!"

이 여자는 또 왜 삐쳤지? 난 모르겠다. 사실 지구에 있을
때부터 여자 마음을 잘 모르겠더라. 이해해 보려고 노력해 본
적도 있지만, 결국 여자를 이해한다는 건 불가능하다는 결론
에 이르렀고 그 결론은 지금에까지 변함없이 이어져 왔다.

아니, 여자고 자시고 사람 속내를 들여다 볼 수 있을 거라
고 생각하는 것 자체가 허구다. 그런 스킬이 또 있다면 모를

까. 그리고 내겐 그런 스킬이 없으니, 역시 안젤라가 왜 이러는 지 알 수 있을 리 없다.

알았다고 생각해 봐야 넘겨짚기겠지. 그러느니 차라리 모르겠다고 생각하는 편이 낫다.

"그럼 나 한다?"

"아, 하세요. 하셔야죠. 절 믿어주셔서 감사합니다. 마음껏 수련하세요!"

왜 이러는지는 모르겠지만, 어쨌든 하라니 해야지. 나는 인벤토리의 [1UP 코인]이 잘 있는 걸 확인하고, 그 자리에 가부좌를 틀고 앉았다.

마음을 비운 탓일까, 무아지경에 빠지는 데는 전보다 훨씬 적은 시간이 걸렸다.

*　　　*　　　*

나는 내가 사전에 상정했던 것보다 훨씬 빨리 무아지경에서 깨어났다는 것을 알았다.

이유는 간단했다. 이미 두 번에 걸쳐 한계돌파를 한 마력 능력치는 더 이상 성장하지 않았다. 한계돌파로도 돌파가 불가능한 완전한 성장 한계에 도달한 것이리라.

그 대신이라고 하기엔 뭐하지만, [진리명경]의 숨겨진 옵션을 하나 더 개방했다. 예상대로였다.

―[진리명경] 숨겨진 옵션 개방!

[정저조천]: 우물 바닥은 하늘과 이어져 있다.

그런데 이건 무슨 소린지 모르겠다.

우물 바닥이 하늘과 이어져? 이게 무슨 뜻이지?

이럴 땐 그냥 한번 써보면 되겠지.

나는 [정저조천]을 활성화시켰다. 그러자 내 제어하에 놓여 있던 마력이 갑자기 어느 방향으로 휙 쏠리는 것을 느꼈다.

이 방향은… 머리 쪽? 위? 아니다. 하지만 분명 더 높은 곳이다.

그리고 내 마력이 어디론가 대량으로 빨려 나가는 것을 체험했을 때, 나는 깜짝 놀라 [정저조천]을 끌 수밖에 없게 되었다.

뭐야? 어떻게 된 거야?!

―마력 능력치가 10 감소했습니다.

―신성이 1 회복됩니다.

뒤늦게 시스템 메시지를 보고나서야 나는 무슨 일이 일어났는지 깨달을 수 있게 되었다.

아니… 이거 효율이 너무 안 좋잖아! 마력을 10이나 잡아먹어 놓고 신성이 증가한 것도 아니고 소모했던 걸 1 회복할 뿐이라니!!

그런 억울한 마음이 든 것도 잠시. 나는 곧장 이 [정저조천]의 용도를 생각해 냈다. 마력이 부족해서 곤란한 일은 드문 반면, 신성이 모자라서 곤란한 일은 많다.

게다가 어차피 마력 성장은 한계에 도달해 있었다. 이런 식으로라도 써먹고 다시 진리대주천으로 회복할 수 있다면 좋은 일 아니겠는가?

문제는 이 [정저조천]의 발동에는 진리대주천급의 집중력을 요구한다는 것과 스킬 재사용 대기 시간이 존재한다는 것 이 두 개였다. 급할 때 바로바로 쓸 수가 없으니 원…….

뭐, 미리미리 대비하는 마음을 가지고 꾸준히 진리대주천과 [정저조천]을 번갈아가며 돌려주는 수밖에 없겠군.

그렇게 쓴웃음을 머금고, 나는 다시금 진리대주천을 돌렸다. 이미 소모해 버린 마력 10을 다시 쌓기 위해서였다.

체감 시간으로는 몇 분도 안 되는 무아지경의 시간을 보낸 뒤, 나는 눈을 떴다. 역시 마력 10 정도 쌓는 데 얼마 걸리지도 않는군! 뭐 그런 생각을 하면서 말이다.

눈을 뜨자마자 들어온 광경은 그런 생각을 싹 잊어버리게 하기에 충분한 것이었다.

"…뭐야, 이건."

"아, 선배. 수련 끝내셨어요?"

안젤라가 살갑게 날 맞이했지만, 난 그녀 쪽을 쳐다볼 생각을 못 했다.

"이건 뭐야?"

눈앞에 지어진 건축물에 시선을 빼앗겼기 때문이었다.

"뭐긴 뭐예요, 테라스죠."

"테라스……."

테라스라는 단어를 들어본 지 참 오래됐다. 수백 년만 아닌가?

아니, 이게 아니라.

"웬 저택을 세워놨어?"

사실 저택이라는 말은 좀 어폐가 있다. 세상에 어느 저택을 통나무로 짓겠는가? 그러나 내 입장에선 눈 한 번 감았다 떴는데 눈앞에 갑자기 2층 집이 올라와 있으면 이 정도 과장법은 쓰게 된다.

"선배만 땅바닥에 방치해 둔 건 죄송하지만 선배가 수련 중엔 몸에 손대지 말라고 해서 옮기질 못했어요."

"그건 내 질문에 대한 답이 아닌데?"

"심심해서요. 그리고 저택이랄 건 없지 않아요? 그래 봐야 2층 통나무집인데."

"그건 그래."

납득할 때가 아니었다. 하지만 난 안젤라에게 따지고 들 타이밍을 놓쳐 버렸다. 그녀의 이어진 발언이 너무 충격적이었기 때문이다.

"선배 배 안 고파요? 1년이나 굶었으면 뭐라도 드셔야 하지 않아요?"

"1년?!"

기껏해야 2주 정도 지난 줄 알았는데…….

"네. 어떻게 사람이 1년이나 먹지도 마시지도 싸지도 살 수가 있는 건지 모르겠지만, 아무튼 그렇게 됐어요."

"허……."

어이가 없어서 눈을 껌벅이다 그만 상태창을 켜버렸다. 그리고 나는 100이 넘어간 내 신성을 확인할 수 있었다. 15일에 1씩 오른다던 신성인데 37에서 102가 됐으면……. 아니, 이래도 계산이 이상한데? 나는 신성의 세부 항목을 열람했다.

―당신을 섬기는 100명 이상의 집단이 둘 이상이 되었습니다.

―[이진혁교]가 성장했습니다!

―해당 종교는 초기 종교의 형태를 띱니다.

―최초 집단에서 종교의 심볼이 불꽃으로 지정되었습니다.

―이제 당신과 당신의 추종자들은 불 주변에서 전투력 +5의 효과를 얻습니다.

―다른 집단에서 종교의 심볼이 번개로 지정되었습니다.

―이제 당신과 당신의 추종자들은 낙뢰가 치는 날 강건 +5의 효과를 얻습니다.

―2명의 제사장이 당신을 대리하여 종교적 의식을 거행해 추가 신앙 점수를 생산합니다.

　―이제 이진혁의 추종자들이 7일에 2씩의 신앙 점수를 생산하게 되었습니다.

　―[이진혁교]의 성장으로 인해 신앙의 대상이 된 당신은 [한미한 신성]을 얻었습니다.

　"…엄청 컸네."

　원시 신앙에서 초기 종교로 성장하면서 더 자주 신앙을 얻고 미약한 신성에서 한미한 신성으로 도약했다. 이러니 계산이 안 맞지.

　"뭐가요? 아, 밭에 작물이요?"

　"밭?"

　그리고 보니 내 주변에 뭔가가 잔뜩 심어져 있었다. 이건 뭐지? 토마토? 오이?

　"네. 선배 주변에서 뭔가 잡초가 잘 자라길래, 상점에서 씨앗을 조금 사다 뿌려봤더니 꽤 쏠쏠하게 수확량이 나오더라고요. 여기가 정글이라 그런 것도 있겠지만 금방금방 자라는 게 되게 신기했어요. 덕분에 식량 걱정은 덜었죠."

　"아……."

　안젤라의 말을 듣고나서야 세이렌들이 했던 말이 뒤늦게 떠올랐다. 내 주변에서만 호수 사과나 호수 포도가 잘 자란다고 했던가. 진리대주천을 돌리면서 뿜어내던 빛과 생명력이 작용한 결과물이리라.

"좀 드실래요?"

"아니."

배는 고팠다. 무지하게 고팠다. 그동안 잊고 있던 허기의 파도가 한꺼번에 확 덮쳐오는 느낌이다. 그럼에도 불구하고 나는 고개를 저었다.

"이제부터 만찬을 먹을 생각이라."

나는 한 장 남겨둔 5성 셰프의 요리 시식권을 쓸 생각이었다.

"만찬이요? 아, 중급 지휘관한텐 그런 것도 파나 보죠? 어쨌든 그전에 레벨 업 마스터를 좀 켜보세요. 선배 프로듀서가 아주 안달이 났어요."

"크리스티나가?"

"네. 저한테 선배 수련하는 동안 시립 서달라고 퀘스트까지 줬다니까요. 그 덕에 저도 기여도를 좀 벌어서 중요 연맹원까지 진급했어요. 뭐, 그래도 선배한텐 안 되지만요."

"그렇구나."

어쨌든 1년이나 혼자서 내 주변을 지켜준 것에 대해서는 고마워해야 할 일이다. 좀 미안하기도 하고. 나중에 5성 요리 좀 나눠 줘야지. 어차피 [오병이어]도 있겠다.

그전에 안젤라의 말대로 크리스티나부터 찾아보는 게 먼저

였다.

나는 인벤토리에서 레벨 업 마스터를 꺼내 들었다.

―대영웅님! 오셨군요!!

"대영웅?"

―네! 대영웅님! 안젤라 씨에게서 소식 들었어요! 쥬디케이터 셋을 더 쓰러뜨리셨다면서요? 전투 로그도 열람했어요!!

"아, 그래?"

하긴 전투 로그를 꼭 내가 제공해야 할 필요는 없었군. 안젤라로도 그 자리에 있었고 전투에 참여했었으니까.

―연맹에서는 전례 없는 전공을 올리신 대영웅님을 치하하기 위해 원래 존재하지 않았던 연맹 대영웅 훈장을 새로 제정하고 그 첫 수여자로 대영웅님을 지정했어요!!

"그래서 네가 날 대영웅이라 부르는 거로군?"

―네, 맞아요!

아직 받지도 않은 훈장을 가지고 내 호칭을 멋대로 바꾸다니. 하긴 크리스티나의 입장에선 이미 연맹에서 내게 훈장을 수여하기로 한 건 확정이고 그녀 손에서 내게 전달만 하면 되니 딱히 틀린 태도도 아니다.

"그보단 보상이 더 기대되는군."

―그래도 훈장부터 드릴게요.

훈장의 스펙이야 뭐 별다를 게 없었다. 보석과 금장이 좀 더 들어가 묵직해지긴 했지만 말이다. 이거 팔아도 비싸게 팔 수 있겠군. 사실 사들여 줄 곳도 없겠지만 말이다.

―그리고 포상으로 금화 일만 개, 기여도 10,000, 레전드 스킬 추첨권 1매, 유니크 스킬 추첨권 2매와 슈퍼 레어 스킬 강화권 5매, 능력치 강화 주사위 20면체 1개, 10면체 2개, 6면체 5개, 4면체 10개가 주어집니다!

"응? 뭐야. 그게 전부야?"

인퀴지터 둘을 잡았을 때보다도 보상이 적다. 쥬디케이터가 어떤 존재인지 인류연맹에 알려져 있지 않았던 탓일까? 그래도 셋이나 잡았는데…….

그러나 내 물음에 크리스티나는 곧장 고개를 저었다.

―아뇨, 그럴 리 없죠. 이건 인스펙터를 패퇴시킨 건에 대한 포상이에요. 그럼 다음은요. 안젤라 씨를 포섭하고 인류연맹으로 끌어들인 것에 대한 포상입니다.

"응? 어?"

―금화 일만 개, 기여도 10,000, 레전드 스킬 추첨권 1매, 유니크 스킬 추첨권 2매와 슈퍼 레어 스킬 강화권 5매, 능력치 강화 주사위 20면체 1개, 10면체 2개, 6면체 5개, 4면체 10개가 주어집니다!

나는 멀거니 서서 화면만을 바라보았다. 그런 내 반응이 크게 기꺼운 듯 웃으며, 크리스티나는 이어서 말했다.

―아직 안 끝났어요. 또 쥬디케이터 셋을 상대로 승리한 건에 대한 포상입니다.

그렇게 나는 다 합쳐서 금화 5만 개와 기여도 5만, 지정 레전드리 유니크 스킬 양도권 1매, 레전드 스킬 추첨권 2매, 유니크 스킬 추첨권 5매, 슈퍼 레어 스킬 강화권 20매, 그리고 엄청나게 많은 능력치 주사위들을 손에 넣었다.

"한꺼번에 너무 퍼 준 거 아냐?"

─사실 그렇긴 하죠! 하지만 어쩌겠어요? 제가 이겼는데!

회의란 게 승패를 따질 수 있는 거였나? 같은 태클은 걸면 안 되겠지. 그리고 사실 대부분의 회의에 승패는 존재한다. 회의 참가자 간의 미묘한 신경전이라든가 파벌 간의 알력 같은 게 포함된다면 말이다.

머리를 맞대고 좀 더 좋은 안을 찾아보기 위한 것이 회의라는 주장은 옳으나 동시에 공허하다.

하지만 그런 게 중요하겠는가? 아니, 전혀 중요하지 않다. 지금 중요한 건 크리스티나의 승리 선언이다. 회의에서 승리한 건 그녀고, 그녀는 나를 위해 이만큼의 보상을 마련해 왔다.

"그래, 잘했어. 고마워."

그러니 나는 그녀의 말에 태클을 걸어선 안 된다. 오히려 고마움을 표현하고 치하해야 한다. 그녀가 다음에도 이겨주길 바라면서 말이다!

─에헤헤, 하지만 칭찬받긴 아직 멀었어요. 아직 부상이 남았거든요!!

이게 전부가 아니라니! 승리의 달콤함이 뼈에 스민다!!

크리스티나는 자랑스럽게 가슴을 펴고 또 부상 목록을 읊기 시작했다.

─대영웅님께서 그렇게 원하시던 그랜드 마스터 셰프의 5성 요리 시식권 2매! 확보했고요.

"오!"

─그란데 마에스트로의 지휘에 의한 5성 명곡 자동 연주 악보도 1장! 더 마련했어요.

"오오!!"

─마지막으로 그랑 아티스테의 5성 명화 3점을 드립니다!

"오… 오?"

명화? 그림? 미술품?

아니, 크리스티나가 준 거다. 뭔가 분명 특별한 게 있겠지.

내가 생각을 바꿔먹고 있는 새를 못 참고, 크리스티나는 내 표정을 들여다보고선 씨익 웃었다.

─표정이 별로 안 좋으시네요. 그러시겠죠. 전 이럴 때 대영웅님께 설명 드리는 게 좋아요.

그러고 보니 이것도 매번 있었던 일이다. 요리 시식권과 자동 연주 악보를 받았을 때도 비슷한 일이 있었지.

─그랑 아티스테의 명화는 그냥 그림이 아니에요. 보는 사람을 그 그림 안으로 끌어들이는 마력이 깃들어 있죠. 아, 이거 그냥 비유가 아니에요. 정말이에요!

"사람을 그림 안으로 끌어들인다고? 정말로?"

―네. 그리고 그랑 아티스테가 직접 조형한 그 그림 안의 공간에는 특별한 힘이 깃들어 있어요. 마치…….

"훌륭한 요리나 음악처럼 말이지."

버프를 주거나 새 특성을 깨닫게 해주거나, 뭐 그런 거일 터였다. 그리고 무려 대영웅을 상대로 주는 포상이니만큼 그 효과도 확실할 거고 말이다.

―네! 정확해요! 역시 대영웅님, 이해가 빠르시네요!!

나는 신나서 크리스티나가 준 보상을 수령했다.

그러자 크리스티나가 다시 입을 열었다.

Chapter 2

　―그리고 대영웅님께서는 어느새 기여도 10만을 넘기셨네요. 상급 지휘관으로의 진급을 축하드립니다!

　늘 있던 일이기에, 나는 자연스럽게 고개를 끄덕였다.

　"아, 그래. 고마워. 상점에서 더 많은 상품을 고를 수 있는 거지?"

　―그뿐만이 아니라 상급 지휘관답게 더 강력한 그림자 용병을 한꺼번에 더 많이 고용하실 수 있게 됐어요. 더 자세한 건 주리 리에게 물어보세요!

　한꺼번에 더 많이, 라…….

　이제까지는 상대가 상대이니만큼 그림자 용병은 그냥 내 수

런치 쌓는 용도로나 써왔지만, 유의미한 강력함을 지닌 그림자 용병을 많이 불러낼 수 있다면 원래의 용도로도 쓸 수 있을지도 모른다. 일단 봐야 알겠지만 말이다.

게다가 대량으로 많은 용병을 불러낸다는 건 그만큼 기여도의 빠른 소모를 뜻하기도 한다. 아무리 기여도를 소모해도 상급 지휘관의 지위를 잃지는 않는다고 하더라도, 다음 진급이 느려지는 결과로 이어질 수 있으니 작작해야겠지.

"고마워, 크리스티나."

─별말씀을요! 대영웅님의 프로듀서로서 당연히 해야 할 일을 한 것뿐인 걸요!

"뭐, 그렇긴 하지."

─아하하하! 그럼 필요하실 때 또 불러주세요!

크리스티나는 쾌활한 웃음을 남기곤 화면을 전환시켰다. 이것도 이미 익숙해진 절차였다.

"자, 그럼."

나는 다른 선물들을 확인하기에 앞서, 내 호기심을 강렬히 자극하는 5성 명화의 설명을 읽어보기로 했다. 그리고 그중에 가장 먼저 내 눈에 들어온 명화는 바로 이것이었다.

[그랑 아티스테 오를레앙 오를레오가 그린 '천상의 맛']
─분류: 그림
─등급: 명품(Masterpiece)

—내구도: 15/15

—옵션: [가상공간]

—설명: 극사실주의와 신낭만파의 불가능할 것 같은 조화를 이뤄내는 데 성공한 그랑 아티스테 오를레앙 오를레오가 심혈을 기울여 조형해 낸 가상공간 '천상의 맛'에 입장할 수 있는 명화. 세상에 이보다 더 요리를 맛있게 음미할 수 있는 공간은 당분간 없을 것이다.

[주의!] 최대 입장 가능한 인원은 6명까지입니다.

"이거다!"

나는 다른 명화에는 눈길도 주지 않고, 곧장 5성 요리 시식권과 '오늘의 고마운 한 끼' 자동 연주 악보를 꺼내 들었다. 그리고…….

"안젤라, 이리 와!"

"에, 네?"

내가 레벨 업 마스터를 조작하는 동안 오이와 토마토를 수확하고 있던 안젤라는 허리를 펴며 별 기대도 하지 않는 듯 무심히 내 부름에 답했다.

"밥 같이 먹자."

그러나 내가 그렇게 제안하자마자, 그녀는 고개를 확 꺾으면서까지 내게 되물었다.

"그래도 돼요?"

"되고 말고."

나는 인심 좋게 웃어보였다.

아무리 안젤라가 퀘스트 때문에 내가 대주천을 돌리는 동안 시립해 주었다고 해도, 나로서도 최소한도의 고마움을 표현할 필요가 있다고 이미 판단했다.

그리고 5성 요리라면 고마움을 표현하기에 부족함이 없는 수단이겠지.

적어도 내가 생각하기엔 그랬다.

*　　　*　　　*

굉장히 맛있었다!

내 생애 처음으로 경험해 보는 호사였다.

물론 이거야 처음 5성 요리를 먹었을 때부터 그랬지만. 처음 요리만 먹었을 때, 자동 연주 악보의 음악을 들었을 때, 그리고 이번에 '천상의 맛'으로 갔을 때로 차츰차츰 더 좋아지다 보니 이번에도 처음 경험해 보는 호사였다.

아니, 차츰차츰 더 좋아진다는 말로는 부족하다. 이번에는 아예 차원이 다른 경험이었다.

안젤라 손잡고 '천상의 맛'으로 처음 입장했을 때부터가 달랐다.

우리는 하늘 위에 서 있었다. 발밑으로 너무나도 리얼하게 표현된 계곡이 펼쳐져 있고, 머리 위에 햇살은 눈부시게 빛나 폭포의 포말을 새하얗게 비추고 있었다.

우리는 허공을 걸어, 구름 위에 앉았다. 이렇게 높은 고도라면 바람이 심하게 불어야 정상인데 산들바람만이 머리 곁을 스치고 지나갔다.

폭포 소리가 멀리서 은은하게 들렸다. 자동 연주 악보에서 흘러나오는 '오늘의 고마운 한 끼'는 폭포 소리와 조화되어 더욱 감미롭게 들렸다.

그리고 우리는 배가 고프다는 것을 자각하게 되었다.

모든 것이 완벽한 상태에서, 우리는 맛있는 요리를 즐겼다.

[그랜드 마스터 셰프 테일러 킴의 '영국식 티 푸드 세트']
—분류: 요리
—등급: 미식(Gourmet)
—설명: 지구식 요리가 대유행 중인 가운데 영국 요리에 손을 댄 대담한 요리인인 테일러 킴을 스타덤에 올려준 요리. 지구식 요리 중 맛없기로 악명이 자자한 영국 요리지만, 두 가지만은 예외다. 영국식 아침 식사와 영국식 티 푸드가 바로 그것이다. 최악의 것에서 최선의 것을 건져낸 테일러 킴의 판단은 실로 현명했다.

오늘의 요리는 영국 요리였다. 지구의 영국은 요리가 맛없기로 유명한 나라였지만, 그런 과거의 일을 염두에 둘 필요는 없었다. 더군다나 오늘의 요리는 홍차와 함께 제공되는 티 푸드였다.

함께 제공되는 홍차를 마시면서 안젤라는 펑펑 울었다. 금화 100개짜리 홍차가 쓰레기같이 느껴진다면서.

비록 금화 100개짜리 홍차를 마셔본 적은 없지만, 만한전석을 먹고 난 후에 따로 짜장면을 먹어본 나는 그 느낌이 어떤 것인지 십분 이해가 갔다.

홍차에 조예가 없는 나지만, 이 홍차와 티 푸드가 얼마나 맛있는지는 매우 쉽게 알 수 있었다. 얼마나 맛있었냐면… 알기 쉽게 수치로 따지자면 4레벨이 올랐다.

5성 명화까지 썼는데 지난번의 만한전석과 같다는 점에서 좀 아쉬워 보이는 경험치량이지만 실은 절대 그렇지 않다.

내 특기, [미식의 대식가]는 많이 먹을수록 경험치를 많이 준다. 그런데 이번에는 위장 한계돌파를 경험하지도 않았는데도 4레벨 분량의 경험치를 얻은 것이니까.

더욱이 더 높은 레벨일수록 레벨 업에 필요한 경험치량이 더 많아지는 것도 염두에 두어야 한다. 다시 말해, 그야말로 알짜배기로 경험치를 잘 뽑아먹은 셈이다.

더불어 5성 요리를 대상으로도 [오병이어]가 잘 작동한다는 것도 이번에 확인할 수 있었다. 안젤라에게 나눠 준 요리는 맛이 떨어지지도, 양이 적어지지도 않았다. 여러모로 만족스러운 식사였다.

"선배님."

요리를 다 먹어갈 때쯤, 안젤라가 문득 입을 열어 날 불렀다.

"응?"

"사랑해요."

밥 주니까 좋아한다는 말이 나오는 걸 보니 좀 개 같다는 느낌도 들었지만, 안젤라는 인간은 아니더라도 예쁘긴 하니까 이런 소릴 들었다고 별로 기분 나쁘지는 않았다.

"그래, 그래."

"큰맘 먹고 고백했는데 반응이 그게 뭐예요?"

안젤라의 핀잔에 피식피식하는 웃음이 저절로 나왔다.

"앞으로 밥 안 준다?"

"이런 맛있는 거 먹여줘서 고마워요, 선배!"

매우 솔직한 식탐에 감탄하며, 나는 내게 달려들어 안긴 안젤라의 뒷머리를 벅벅 긁어주었다. 내 손길을 받으며 좋아하는 걸 보니, 아무래도 안젤라에 대한 평가를 좀 수정해야 할 것 같았다.

안젤라는 무지 개 같았다.

*   *   *

내 반격가 레벨은 36이 되었다.

보통 5레벨마다 새 직업 스킬을 얻는 걸로 기억하고 있는데, 36레벨에 도달했음에도 반격가의 새 스킬은 얻을 수 없었다.

만렙에 도달한 거려나? 아니, 만렙 자체는 20레벨에 이미 도달했다. 그걸 한계돌파로 억지로 뚫고 계속해서 레벨을 올리고 있는 거지. 그래도 30레벨까지는 계속해서 스킬을 얻을 수 있었는데, 35레벨을 넘겨도 스킬이 안 나오니 좀 불안하긴 하다.

자, 그럼 어쩐다.

레벨 업으로 스킬은 못 얻고 스탯과 스킬 포인트 얻는 걸로 끝나면 아무 의미가 없다. 스킬 포인트를 얻는 거라면 다른 1차 직업을 올리는 게 낫고, 스탯이 목적이면 반격가 2차 직업으로 올라가는 게 나으니까.

고민 끝에, 나는 일단 40레벨은 찍어보는 걸로 결정을 내렸다.

40레벨을 찍고서도 스킬을 얻을 수 없다면 반격가는 접고 2차 상위직으로 올라가든가, 야전 마법포병 레벨을 올리든가 해야겠지.

마음 같아서는 바로 다음 5성 시식권을 써서 맛있는 식사를 계속 하고 싶은 마음은 굴뚝같았지만 그래서는 안 된다. 혀가 맛있는 것에 익숙해지면 경험치도 얼마 못 얻으니까.

그러므로 아무리 안젤라가 졸라도 안 되는 건 안 된다.

"나도 이거 훈장 받으면서 따라오는 포상으로 얻은 거야."

그렇게 말해주고 나서야 비로소 안젤라는 보채는 걸 멈췄다. 아무래도 그녀는 내가 아무 때나 상점에서 그런 미식을 구할 수 있는 줄 알고 있었던 것 같았다.

사실 그런 그녀의 '착각'은 아주 틀리지만은 않았다. 상급 지휘관으로 진급하면서 3성 요리까지는 살 수 있게 되었으니까.

하지만 그 3성 요리들도 우리가 오늘 경험한 그 '천상의 맛' 앞에서 초라해지는 건 어쩔 수 없는 일이다.

어중간하게 금화를 낭비하는 것보다는 굶는 게 더 낫지.

오로지 배를 꺼뜨리겠다는 목적으로 진리대주천을 또 돌리는 것도 별로 좋은 생각 같지는 않았다. 이미 내 마력은 한계까지 성장했으므로 대주천을 돌려봐야 얻는 게 없다.

그럼… 이제 뭐 하지?

내가 그런 고민을 하고 있을 때쯤, 마저 토마토와 오이를 수확해 낸 안젤라가 내게 다가와 이렇게 토로했다.

"선배, 1년이나 여기 숨어 있었는데 아무도 안 찾는 거 보면 이제 슬슬 나가도 상관없지 않을까요? 제 담당자가 절 막 갈궈요. 주변 탐색 좀 하라고. 여기 좌표를 확실히 알 수 있어야 포탈을 열어서 인류연맹으로 탈출할 수 있다고 그러던데요?"

"네 담당자가 널 갈궈?"

나로서는 생각지도 못했던 처음 듣는 표현이었다. 크리스티나가 날 갈군 적은 단 한 번도 없으니까. 물론 안젤라의 담당자는 크리스티나가 아니고, 프로듀서도 아닌 모양이지만.

"그렇다니까요. 하긴 1년이나 여기 머무르면서 하는 게 집짓고 농사짓는 것뿐이었으니까요. 수행한 퀘스트라곤 크리스티나가 준 선배 시립 퀘스트뿐이니. 인류연맹 입장에서는 모처럼 들어온 고급 인력인 절 얼른 부려먹고 싶겠죠."

본인의 입으로 고급 인력이라니. 뭐, 안젤라 정도면 충분히 고급 인력 맞지만 말이다. 더욱이 인재 풀이 좁은 인류연맹 입장에서는 더욱 그렇게 느낄 것이다.

그러고 보면 안젤라와 내 입장은 꽤 다르긴 하다.

난 이 변경에서 혼자 떨어져 꾸역꾸역 살아남아 전공을 쌓아올린 대영웅이고, 안젤라는 적 세력에서 투항해 온 항장이니까.

인류연맹이 안젤라의 항복을 받아들이는 데도 뭔가 소모한 게 있는 모양이기도 하니, 그녀를 유용하게 써먹고 싶어 하는 심정도 이해가 안 가는 바는 아니다.

"흐음."

그래도 뭔가 마음이 좀 그렇군. 안젤라를 인류연맹으로 보내봐야 그녀는 실컷 부려 먹히는 게 고작이겠지.

왠지 마음에 안 든다.

"좋아."

나는 마음을 정했다.

"네 담당자에게 잠깐만 기다리라고 해."

안젤라는 인류연맹에 넘기지 않은 채, 내가 직접 부려먹어야겠다고 말이다.

*　　　*　　　*

"연맹의 대영웅이 기다리라고 한다면 기다리겠다는 답을 얻었어요. 역시 태도가 완전 달라지는군요. 알고는 있었지만."

안젤라가 쓸쓸한 표정으로 그렇게 보고해 왔기에, 나는 고개를 끄덕였다.

내가 안젤라와 함께 수행할 퀘스트는 이 정글 지역의 식인 보아뱀과 어디 있을지 모르는 필드 보스의 처리였다. 당연히 쥬디케이터를 불러들일 수 있는 굉장히 위험한 짓이지만, 무모한 건 아니었다.

일단 신성을 100 이상으로 끌어올렸고, 신성을 빠르게 회복시킬 수단도 손에 넣었다. 마력도 한계까지 올렸고, 5성 요리를 맛봄으로써 반격가 레벨도 올렸다. 능력치 주사위도 대량으로 얻었으니 전력을 끌어올릴 수단은 충분했다.

신성을 충분히 확보했으니 신화급 스킬을 더 얻어도 상관없어진 것도 좋다. 그동안 안젤라로부터 얻은 슈퍼 레어 스킬 15개와 포상으로 얻은 스킬 추첨권 등을 써서 얻는 새 스킬들을 섞어 승화시키면 쓸 만한 신화급 스킬 하나둘쯤은 더 얻을 수 있겠지.

즉, 설령 쥬디케이터가 서넛 정도 와도 충분히 격퇴할 수 있는 수단을 손에 넣었다는 소리다.

*   *   *

전력 강화를 할 수단을 많이 얻었다 보니 굳이 정글 한구석에 은거할 필요는 많이 줄어들었다. 이제 여길 뜨는 것도 생각해 볼 수 있게 되었다.

물론 은거 생활을 접기 전에 소화해야 할 건 다 소화해야겠지만. 이 보상들을 소화시키고 내 진짜 힘으로 바꾸기 전까지는 방심해선 안 된다.

그러니 당장 해야겠지.

따악!

나는 손가락을 퉁겼다. 그러자 다섯 개의 행운 반지에서 [공명]이 일어나, 내 행운을 끌어올려 주기 시작했다. 그 소릴 들은 안젤라가 내게 다가와서 물었다.

"왜 부르셨어요?"

"…너 부른 거 아니거든?"

내가 아무리 안젤라를 개처럼 생각한다고 해도 진짜 개 부르듯 손가락 퉁겨서 부르겠냐만. 안젤라는 그렇게 생각하지 않는 듯 내 앞에서 커다란 눈을 깜박거리고 있었다.

"진짜 아냐."

아무튼.

나는 능력치 주사위를 굴렸다. 20면체.

—내공 +20

"지금 뭐 하시는 거예요?"

"주사위 굴려."

따악!

나는 다시 한번 손가락을 퉁겼다. 그리고 주사위를 굴리길 반복했다. 안젤라는 아예 의자까지 끌어다 앉아 내가 하는 양을 멀뚱멀뚱 지켜보았다.

"신기할 정도로 높은 수만 나오네요."

"행운을 올렸거든."

"행운을요?"

그보다 더 의외인 말을 들은 적이 없다는 듯, 안젤라의 목소리가 뒤집어졌다.

"아니… 어떻게 그럴 수가 있죠?"

어차피 다른 능력치가 다 99+라 달리 잔여 미배분 능력치를 투자할 곳이 없었거든, 이라고 진실을 말해주기는 귀찮았다. 그래서 난 입을 다물고 계속해서 주사위를 굴렸다. 안젤라도 딱히 캐물을 생각은 아니었던 듯, 내가 하는 양을 지켜만 보고 있었다.

"아, 낮은 수."

"좋아."

징크스 발동이다. 그런데 그런 내 혼잣말을 들은 건지, 다시 그 땡그런 눈으로 날 올려다보며 물었다.

"뭐가요?"

이 녀석, 의외로 귀찮은데.

어쨌든 나는 스킬 추첨권을 꺼내다 질렀다. 포상을 받을 때마다 반복하는 짓이긴 하지만, 이번에는 소화해야 하는 물량이 많았기에 시간이 꽤 걸렸다.

내가 주사위를 다 굴리고 추첨권을 다 쓸 때까지도 안젤라는 나를 지켜보고 있었다.

뭔가를 애타게 바라는 것 같은 표정으로.

"…당분간 굶을 거야."

안젤라는 뭘 좀 먹고 싶어서 이러고 있는 건지도 모른다.

확신은 없었지만, 나는 한번 넘겨짚어 보았다.

그런데 아무래도 내 추측이 맞았는지, 안젤라는 충격이라도 받은 것 같은 표정으로 내게 되물었다.

"왜요?"

"그래야… 다음에 더 맛있게 먹을 수 있을 테니까."

내 다소 궁색한 대답에, 안젤라는 눈을 두 번 깜박였다. 그리고 상태창을 끄느라 다시 한번 눈을 깜박인 후 이렇게 반응했다.

"아하."

그러고서 인벤토리에서 오이를 꺼내다 씹기 시작했다. 본인이 수확한 오이였다. 진짜로 밥을 기다리고 있었던 거였냐.

"납득해 줘서 다행이군."

솔직히 이해해 줄 거라고 생각 안 했는데 말이지.

"오이 먹을래요?"

"굶을 거라니까."

"이거 맛없어서 괜찮아요."

그게 괜찮은 거냐? 하긴 뭐, 괜찮긴 하다.

"…그래."

나는 오이를 받아서 씹었다.

안젤라의 말대로 오이는 별로 맛은 없었다. 하지만 즙이 매우 풍부하고 알이 굵어서 만성적으로 식량이 부족한 이 세계의 인류 종족에게는 꽤나 괜찮은 식량이 되어줄 것 같았다.

"무침 해 먹으면 맛있겠네."

"맛있으면 안 되잖아요."

"그게 그렇게 되나?"

나는 헛웃음을 터뜨렸다.

어쨌든 나는 8개의 스킬을 손에 넣었다. 레전드 유니크급 하나, 레전드급 둘, 유니크급 다섯. 그리고 안젤라에게서 얻은 15개의 슈퍼 레어 스킬들. 사전에 같은 계열로 맞춰놓은 상점

표 레어 스킬들.

나는 이것들을 모조리 승화시킬 계획이었다.

그런데 그 계획이 어그러졌다.

"같은 계열로 여섯 개를 모아도, 일곱 개를 모아도 다른 메뉴가 안 떠서 5개로 승화시키는 게 최고인 줄 알았는데……."

그게 아니었다.

─동일 계열 스킬을 10개 이상 소유하고 있습니다.

─[스킬 초월]이 가능합니다. 실행하시겠습니까?

[주의!] 스킬 초월에 사용한 스킬은 다시 얻을 수 없습니다.

"갑자기 10개라니."

원래 4개씩 짝지어놨던 슈퍼 레어 스킬과 레어 스킬의 조합에 새로 뽑은 레전드 스킬과 레전더리 유니크가 합쳐지면서, 레전더리 유니크를 기준으로 10개가 같은 계열로 판정된 결과가 바로 이것이었다.

"후우……. 스읍… 하아……."

예상 밖의 사태에, 나는 심호흡을 해야 했다.

"이런 걸 그냥 지를 수는 없지."

기왕 스킬 초월이란 걸 처음으로 해보는데, 가능하다면 최고의 결과를 얻어내고 싶은 마음이 갑자기 들었다.

나는 5성 명화 중 하나를 꺼내 들었다.

[그랑 아티스테 로코다 미엥이 그린 '고요하고 안정된 광기']

―분류: 그림

―등급: 명품(Masterpiece)

―내구도: 15/15

―옵션: [가상공간]

―설명: 기괴하고 왜곡된, 독특한 센스를 지닌 그랑 아티스테 로코다 미엥이 광기에 차 조형해 낸 가상공간 '고요하고 안정된 광기'에 입장할 수 있는 명화. 우연의 산물로 창조된 이 가상공간은 사상 최고의 광기를 맛보여 주려던 아티스테의 기획 의도와 달리 심신을 가라앉히고 무언가에 집중하는 데 특별한 도움을 준다.

[주의!] 최대 입장 가능한 인원은 5명까지입니다.

[주의!] 가상공간 내에서는 시간이 더 빨리 가거나 보다 느리게 갈 수 있습니다.

―현재는 1:100의 비율로 현실보다 시간이 느리게 흐릅니다.

이 명화가 제공하는 가상공간 내에서라면 보다 빨리 스킬 수련치를 확보할 수 있을 것이다.

"이렇게 된 이상, 전부 S랭크로 올린다."

강화 가능한 슈퍼 레어 스킬과 레어 스킬들을 5강으로 올려두는 건 물론이고, 숙련도까지 전부 S랭크로 올리면 대체 어떤 결과물이 탄생할까?

"너무너무 궁금해!"

"저기, 선배. 혼잣말이 너무 많으신데."

"나 잠깐 다녀올게."

"어디를요!"

'고요하고 안정된 광기'로!

*   *   *

안젤라를 혼자 두고 '고요하고 안정된 광기'에서 스킬의 숙련도를 올리기 위한 수련에 몰두한 것도 어느새 한 달이 지났다.

"다시 봐도 신기한 곳이로군."

이 가상공간을 만든 그랑 아티스테의 의도는 최고의 광기를 보여주기 위함이라고 했는데, 사실 그 말이 아주 틀리지는 않았다.

완전무결한 무시.

이 공간은 무엇을 하든 그 어떤 반응도 보여주지 않는다.

하얀 하늘과 하얀 땅이 무제한적으로 펼쳐진 공간. 더군다나 그림자도 생기지 않고, 소릴 질러도 주변에 울려 퍼지거나 하지 않고 혹 사라져 버린다. 발바닥에 피를 묻히고 돌아다녀도 발자국이 찍히지 않고, 아예 땅을 파도 몇 초 후엔 그 흔적도 없어진다.

말로만 하면 별것 아닐지 몰라도, 실제로 이 공간에서는 30분만 그냥 있어도 미쳐 버릴 것 같은 기분이 든다. 나 자신이 완전히 무의미한 존재처럼 느껴지고, 아예 존재하지 않는 것처럼 느끼게 만드는 공간이니까.

그러나 무언가 집중할 거리가 있으면 아무런 방해 없이 집중할 수 있는 최적의 조건이기도 했다. 집중하지 않으면 미쳐 버릴 것 같으니, 수련에 더욱 집중하게 된다. 그냥 말로만 그런 게 아니라, 시스템상으로 실제로 수련치가 훨씬 더 잘 찬다.

결과적으로 정말 완벽한 수행을 위한 공간이 만들어진 셈이다.

이게 의도하지 않은 결과물이라니, 이 공간을 만들고 로코다 미엥이란 아티스테는 얼마나 땅을 쳤을까?

하지만 이 공간이 5성 명화로 인정받고 그는 그랑 아티스테의 좌에 올랐다니 어디다 억울함을 토로하진 못했을 터.

세상사 참 재미있다.

만약 바깥에서 그냥 수련했더라면 얼마나 더 많은 시간이 걸렸을까? 알 수 없는 일이다. 아마 반년쯤은 잡아먹지 않았을까?

레전드급 스킬의 수련은 그만큼 힘들었다. 이걸 올리라고 만든 건가? 하는 생각이 들 정도로 변태적인 수련치의 양은 만약 이 공간이 없었다면 그냥 포기해 버렸을 것 같을 정도였다.

특히 레전더리 유니크 스킬의 숙련도를 연습 랭크에서 S랭크까지 올리는 데는 다른 스킬들과는 비교도 되지 않는 수련치를 필요로 했다.

이걸 한 달 만에 해내다니……. 이게 다 광기에 찬 그랑 아티스테 로코다 미엥·덕이다.

레전더리 유니크 스킬의 변태적인 면모는 비단 요구 수련치뿐만이 아니었다. 스킬 포인트도 랭크 업을 할 때마다 어마어마하게 잡아먹었다. 레전드급 스킬은 그보다 좀 낮긴 했지만 결코 낮은 수준은 아니었고. 정말 스킬 포인트를 물 쓰듯 쓴 한 달이었다.

그럼에도 내 상태창의 스킬 포인트 표시는 여전히 999+에서 내려오질 않았다. 이거 혹시 버그인가? 싶은 마음이 들 정도. 뭐, 내게 불리하지 않은 버그라면 환영이지만.

어쨌든 난 다 해냈다! 스킬 초월의 재료가 될 모든 스킬을 S랭크를 찍고야 말았으니, 이제 나가서 스킬 초월을 해보는 것만 남았다.

사실 여기서 스킬 초월을 해도 되지만, 그전에 사소한 의식을 치르고 싶다.

"배가 고프다."

그 의식의 이름은 식사다.

아, 물론 식사도 여기서 해도 상관없지만, 난 별로 그러고 싶지 않다.

이 '고요하고 안정된 광기'은 정말 악독해서, 단 한순간도 집중력을 놓기 싫게 만들었다. 잠이야 어불성설, 잠깐 한숨 돌리기도 싫고 먹기도 싫고 마시기도 싫은 한 달간이었다.

그렇게 한 달 동안 침식을 잊고 스킬 수련에만 집중했더니 지금은 풀을 뜯어 먹어도 맛있게 먹을 자신이 있다.

어쩌다 보니 음식이 맛있게 느껴질 때까지 굶는다는 목적도 함께 달성한 셈이 되었다.

이럴 때 5성 요리를 먹으면 경험치가 얼마나 잘 오를까? 기대되는군. 나가자마자 안젤라를 꼬셔서 같이 먹어야지.

물론 이번엔 공짜로 나눠 주지는 않고, 유니크급 스킬 하나쯤은 뜯어내 볼 생각이다. 한번 맛을 들여놨으니 거부는 못할 터. 괜찮은 거래를 할 수 있을 것 같았다.

"좋아! 나간다!!"

나는 가슴 벅차게 이 지긋지긋한 가상공간에서의 탈출을 선언했다.

*   *   *

'고요하고 안정된 광기'에서 나오자마자, 안젤라와 눈이 마주쳤다. 날 멀뚱멀뚱 쳐다보던 그녀는 고개를 갸웃거렸다.

"금방 나오셨네요?"

"뭐? 금방?"

"네, 금방이요."

바깥과의 시간 배율은 들어왔을 당시에는 100배였으나, 도중에 배율이 조금씩 뒤틀리기도 해서 바깥에서 며칠이 지났는지는 정확히 모른다.

아무리 그래도 그렇지, 안에서 한 달을 지냈는데 금방이라니.

아, 설마 안젤라가 비꼬는 건가?

"며칠이나 지났는데?"

"며칠이라뇨?"

"응? 설마… 몇 달 지난 거야?"

"아뇨."

안젤라는 고개를 저었다. 그제야 내가 정말로 시간이 얼마나 지났는지 모른다는 걸 받아들인 것 같았다.

"하루도 안 지났어요. 한 반나절쯤?"

"…그래?"

"네."

아무래도 내가 들어가 있던 동안, 시간 배율이 바뀐 모양이다. 1:1000 정도까지 말이다. 아니면 한 달이 반나절로 바뀔 수가 없지.

혹시나 싶어서 상태창을 열어 신성 항목을 확인해 봤더니, 신성은 단 1도 늘어나지 않았다. 내가 들어간 지 일주일도 지나지 않았다는 방증이니, 이로써 안젤라의 말이 사실이라는 게 증명된 셈이다.

"뭐, 좋아."

나는 더 이상 쓸데없이 안젤라를 의심하지 않기로 했다. 내곁을 1년이나 지켜준 사람이다. 이제 그 본의를 의심하는 게 더 이상한 지경이다.

"안젤라, 밥 먹을래?"

"밥이요?!"

밥 소리 나오니까 눈을 반짝이는 게, 진짜 개 같다.

"실은 나, 명화 안에서 한 달이나 있었거든. 배고파서 뱃가죽이 등에 달라붙을 것 같아."

"그건 좋은 일이네요!"

내가 배고프다는데 좋은 일이라니. 이 여자를 정말로 믿어도 되는 걸까?

"하지만 조건이 있어."

"먹고 나서 보여 드릴게요!"

나는 꽤 대충 말했음에도 안젤라는 찰떡같이 알아듣고 대답했다. 나는 헛웃음을 흘렸다. 먹을 게 걸리니 이 여자의 지능이 갑자기 평소의 세 갑절은 더 늘어나는 것 같다.

"이해가 빨라서 좋군. 유니크급은 보여줘야 돼."

"그야 물론이죠! 그 정도 가치는 있으니까요!!"

"그러냐."

"그래요!"

"그렇군."

나는 명화 '천상의 맛'을 꺼내 들었다.

＊　　　＊　　　＊

지난 1년간, 카자크는 매우 행복한 나날을 보냈다.

배신에 배신을 이은 나날이었다.

가장 먼저, 카자크는 그가 몸담고 있던 조직인 '죽은 신들의 사회'를 배신했다.

카자크는 이진혁에게 자신이 가나안 계획에 반대하는 파벌의 비밀 감찰관인 것처럼 말했지만, 그건 거짓말이었다. 물론 완전한 거짓말은 아니었다. 안젤라가 교단의 '정의로운' 파벌의 감찰관인 건 맞았고, 카자크는 그녀의 선임이었으니까.

'죽은 신들의 사회'야말로 가나안 계획을 추진하는 주요 조직 중 하나였다. 코드명 '신 가나안' 세계에 범죄자 출신 인퀴지터를 뽑아 관리자로서 파견한 것도 그였다.

카자크는 자신이 누구보다도 '죽은 신들의 사회'에 대해 잘 안다고 자부했다. 그래서 그는 조직의 암부를 도려낸다는 명목으로 쥬디케이터를 동원해서 '죽은 신들의 사회'를 쳤다.

'죽은 신들의 사회'가 내린 뿌리는 깊고도 은밀했기에, 쥬디케이터들은 이 임무에 집중할 수밖에 없게 되었다. 그 탓에 그들은 안젤라를 찾아내 말살하는 임무를 포기할 수밖에 없게 되었지만, 이건 카자크가 의도한 바는 아니었다.

카자크가 그다음으로 배신한 건 쥬디케이터였다. 업무 공조로 인해 긴밀한 관계를 유지하게 되자, 카자크는 그들에게도 배신욕을 느끼게 되었고 그걸 참지 않았다.

쥬디케이터에게 무고한 간부 한 명을 고발했고, 쥬디케이터가 그를 심판하자마자 카자크는 그들이 무고한 자를 심판했다는 사실을 교단 기관지에 고발해 버렸다.

본래 비밀 조직이던 쥬디케이터가 전면에 드러난 순간이었다.

당연하지만 쥬디케이터는 그 과격한 임무 성향상 다소간의 더러운 짓을 묵인하는 조직이었고, 교단 감찰관이 보기에 그것은 묵과할 수 없는 수준에 이르러 있었다. 결국 쥬디케이터 조직은 완전히 망가져 버렸다.

재판정에 서서 자신을 노려보던 쥬디케이터 수장의 시선을 떠올리면, 카자크는 지금도 저릿저릿해지는 것을 느낀다.

이 일이 대대적으로 알려지자 정의로운 내부 고발자, 카자크는 교단 내에서 꽤 인기를 끌었다. 그러므로 카자크는 다음 배신 대상으로 교단 그 자체를 골랐다.

그러나 그 시도는 실제로 이뤄지지 않았다.

카자크가 공공 전파를 하이재킹해서 교단의 치부를 낱낱이 고발하는 해적방송을 했지만, 어떻게 안 건지 그 전에 태클이

들어오고 만 것이다.

그리고 카자크는 사로잡혔다.

스킬 사용을 봉인하는 유물로 묶여 거의 움직일 수 없게 된 그의 온몸은 피 칠갑에 열 손가락의 손톱은 모조리 뽑혔고, 발가락 쪽도 당연했다. 사타구니는 온통 불로 지져져 짓물러져만 갔고 손목과 발목에는 전기로 지져진 흔적이 선명했다.

"우······."

카자크도 플레이어 출신으로 높은 레벨과 그에 걸맞은 강건 능력치를 갖고 있었지만, 고문하는 측도 그에게 걸맞은 수준의 고문으로 그를 대해주고 있었다.

"아······."

카자크는 맛이 가버린 성대로 낮은 소리를 냈다. 그러다 문득 이렇게 외쳤다.

"배신하고 싶다!"

이렇게 팔다리 다 묶이고 아무것도 못 하는 상황에 놓였음에도 불구하고, 아직도 배신욕은 그의 심장을 움켜잡은 채였다.

"누가 말해도 된다고 했지?"

여자의 목소리가 들렸다. 그 목소리에 카자크는 반갑게 소리 질렀다.

"오! 내가 말을 안 하길 기대한 건가? 그 기대를 배신할 수 있어서 영광이로군!!"

물론 이런 말장난 같은 배신으로 충족될 배신욕은 아니다. 하지만 사막 한가운데선 물 한 모금도 감지덕지한 법이다. 그리고 카자크는 그만큼 배신에 목말라 있었다. 이 정도 배신으로도 어느 정도 희열을 느낄 수 있을 정도로 말이다.

"…중증이로군."

여자는 질린 듯 말했다. 한숨을 한 번 푹 내쉰 여자는 자랑하는 것 같은 목소리로 이렇게 선언했다.

"카자크, 상부엔 네가 죽었다고 보고했다. 이제 넌 공식적으로는 존재하지 않는 사람이야."

"그 말에 내가 어떻게 대답할 거라고 기대하고 있지? 난 그 기대를 어떤 방식으로 배신해야 하는지 혹시 알려줄 수 있나?"

"그 어떤 기대도 안 했어. 카자크."

여자는 싱글거렸다.

"그저 난… 네가 예전부터 섹시하다고 생각했었지. 영원히 내 것으로 만들고 싶다고 생각했어. 그리고 지금, 그 꿈이 이뤄진 셈이야."

입술을 핥는 여자의 눈빛이 고혹적이었다.

"오늘도 뜨거운 밤을 보내보자고."

치이이익.

고문용 인두가 달아오르는 소리가 들렸다. 지난밤에도 이뤄

졌던 뜨거운 행위로 인해 인두에 붙어 있던 카자크의 살점이
타는 소리였다.

그 소리를 듣곤 카자크는 눈을 빛내며 이렇게 말했다.

"소리를 지르지 않으면 되겠군."

*　　　　*　　　　*

레벨이 올랐다.

그것도 4레벨이나!

이번 요리는 바이킹들의 뷔페 콘셉트였는데 내가 그걸 다
먹었더니 이렇게 됐다.

그냥 음식이 테이블 위에 잔뜩 올라오기만 한 뷔페라면 별
로 인상적이지 않았을지도 모르겠는데, 테이블 한가운데 장식
처럼 놓인 거대한 지옥 멧돼지 통구이가 굉장히 강렬한 인상
을 주었다.

지옥 멧돼지. 알다시피 내가 이 세계에 도착해 처음으로 잡
은 필드 보스였다. 요리된 놈은 내가 잡았던 것보다 컸는데,
집채만 하다는 표현이 조금도 아깝지 않았다. 안젤라가 지은
2층짜리 통나무집보다 컸으니까.

이 정도로 큰 멧돼지를 바비큐로 빙빙 돌려가며 구웠는
데, 저러면 속 안까지 익을 리가 없지 않을까? 그런 내 선입
견을 뒤집고 멧돼지는 뼛속까지 잘 익어 있었다. 물리적으

로 이게 가능한가? 싶을 정도로 절묘하게!

뼛속까지 잘 익어 있었다는 말을 했다는 건, 다시 말해 내가 뼈를 봤다는 소리다. 더 정확히 하자면, 다 먹었다는 소리다. 뼈째 말이다. 뼈도 맛있었다. 특히 두개골이 맛있었다.

맛있었다!

물론 맛있었던 건 지옥 멧돼지 통구이만이 아니었다. 황소 통구이, 코뿔소 같은 생물의 통구이, 기린 비슷하게 생긴 생물의 통구이, 뭔지 도무지 모를 생물의 통구이까지 다 맛있었다. 사이드 메뉴도 맛없는 게 없었고 말이다.

하지만 이 통구이들을 정상적으로 이빨로 뜯어 먹는 데는 시간이 상당히 필요했다. 결국 내 먹는 속도에 내가 답답한 나머지 금단의 방법을 쓰고 말았다.

[집어삼키기]
—등급: 일반(Common)
—숙련도: 연습 랭크
—효과: 목표를 한 입에 집어삼킨다.

거대 메기를 상대로 뜯어낸 스킬을 사용했다. 하다 하다 먹는 데 스킬을 다 쓰는구나, 라고 생각했었지만 이게 괜찮았다. 왜냐하면 이렇게 먹다 보니 새로운 특기가 생겼기 때문이다.

[꿀떡꿀떡]

　─희귀도: 일반(Common)

　─등급: D랭크

　─설명: 소화력 상승, 소화 속도 상승, 소화 효율 상승

　그냥 보기만 하면 별 쓰레기 같은 특성이 다 있구나 싶겠지만, 내 제2의 고유 특성인 [미식의 대식가]와의 상승효과가 대단했다. 무슨 이야기냐면 소화 효율이 올라가서 얻는 건 영양분만이 아니었다는 소리다.

　즉, 요리마다 얻는 경험치가 상승했다!

　나는 희희낙락해서 통구이 요리를 꿀떡꿀떡 삼키기 시작했고, 안젤라는 내가 먹는 양을 보고 나를 사람 아닌 어떤 다른 생물 보듯 하고 있지만 그게 뭐 중요하겠는가?

　레벨이 올랐는데!

　그렇게 나는 반격이 40레벨에 도달했다.

　그리고 새 스킬이 생겼다.

[반격의 대가]

　─등급: 대가(Grand Master)

　─숙련도: SS랭크

　─효과: 반격을 할 수 있다.

"이게 뭐야?"

대가급 스킬? 처음 보는 건데? 지금 새로 배운 스킬인데 SS랭크인 건 또 뭐고?

나는 온갖 생물의 통구이로 인해 빵빵하게 부푼 배를 안고 스킬 세부 설명을 열어보았다. 그러자 세부 항목으로 그동안 얻었던 반격가 스킬들이 주르륵 나열되어 있는 것 아닌가! 처음 얻었던 [막고 던지기]부터 30레벨 때 마지막으로 얻었던 [응보의 때]까지…….

"아……!"

그제야 나는 깨달았다. 왜 그동안 직업 스킬들은 간파로 훔칠 수 없었는지. 그건 그 스킬들이 직업이라는 상위 스킬의 하위 옵션에 불과하기 때문이었다.

[반격의 대가]는 괜히 SS랭크로 표기된 게 아닌 듯, 그동안 얻었던 반격가 스킬들을 한데 모아주는 데 그치지 않고 새로운 SS랭크 옵션까지 달아주었다. 나는 그 옵션들을 외우고 이해하고 곱씹어 완전히 내 것으로 소화시키기 위해 몇 번이고 다시 읽었다.

"…이것만으로는 안 되겠군."

아무래도 스킬 설명을 읽는 걸론 부족하고 몇 번씩 써봐야 좀 감이 잡힐 것 같다.

"하지만 그 전에……."

어차피 스킬에 익숙해질 필요가 있다면, 스킬 초월로 새로 얻을 스킬도 함께 써보는 편이 낫겠지. 나는 일단 [반격의 대가]에서 눈을 떼고, 스킬 초월 지시창을 띄웠다.

―스킬 초월에는 스킬 포인트 1,004가 필요합니다.
―스킬 초월을 승인하시겠습니까?

"뭣?!"

내가 지닌 스킬 포인트는 999+. 하지만 스킬 초월은 1,000 이상의 스킬 포인트를 요구한다. 그 말인즉슨…….

"이걸 실행하면 내 스킬 포인트가 어떻게 되어버릴지 모르겠군."

스킬 초월의 실행은 가능하다. 그렇다면 해야지. 해봐야지. 이걸 하려고 지금까지 준비했던 건데. 나는 심호흡을 한번 하고, 마음을 굳게 먹었다.

따악!

나는 손가락을 퉁겨 행운 공명 상태를 만들었다. 안젤라가 도도도 달려온 건 덤이었다.

"너 부른 거 아냐."

"알아요."

그럼 왜 온 거니? 물어보면 대화가 길어질 것 같아서 소리 내어 묻진 않았다.

대신 나는 스킬 초월을 실행했다.

*　　　　*　　　　*

[???]+10

－등급: 권능(Power)

－숙련도: 초월 랭크

－효과: ???

[주의!] 이 스킬의 열람 및 이용에는 [자격]이 필요합니다.

"또 이 패턴인가!"

나는 탄식했다. [자격]이 필요하다는 건 아무래도 신성을 더 쌓으란 뜻이겠지. 아닐지도 모르지만. '권능'이라는 단어에서 느껴지는 인상은 아무래도 그렇다.

그래도 지난번, 그러니까 처음으로 신화급 스킬을 얻었을 때처럼 크게 실망하고 분노하지 않은 건 그때의 학습 효과 덕이었다. 언젠가는 이게 유용하게 쓰일 거라는 믿음이 있기에 견딜 수 있는 거지.

게다가 다행히 내가 얻은 건 지금 당장은 쓸 수도 없는 권능급 스킬 하나뿐만인 건 아니었다.

－[위업]을 달성하셨습니다!: [스킬 초월] 해보기

―보상으로 [스킬 분해]가 주어집니다.

[스킬 분해]
―스킬을 분해하여 스킬 포인트를 얻을 수 있습니다.
―얻는 스킬 포인트의 양은 스킬의 등급, 숙련도에 따라 달라집니다.

스킬 분해를 얻을 수 있었던 건 내게 있어서 굉장히 다행한 일이었다. 왜냐하면 스킬 초월에 큰 포인트를 질러 버린 결과, 내 지금 잔여 스킬 포인트는 72에 불과했기 때문이다.

무제한인 줄 알았던 스킬 포인트 999+의 신화는 여기서 끝나 버렸다. 버그가 아니었다는 게 다행인지 불행인지 모르겠지만.

"…스킬 포인트야 또 쌓으면 되지."

"세상에 그렇게 말할 수 있는 건 선배 정도일 거예요."

내 한숨 섞인 혼잣말에 안젤라가 끼어들었다.

"보통은 스킬 포인트가 부족해서 자기 직업 스킬도 다 못 배우는 게 정상이라고요."

"그런 것치고는 너는 익힌 스킬이 많던데."

"직업 스킬 몇 개 버리고 랭크 올리는 거 포기하면서 익힌 거죠."

이제까지 상대해 온 교단의 플레이어들이 직업 스킬을 거의 쓰지 않은 건 그런 이유였던가! 하긴 교단의 지원을 받아 레전드급 스킬도 돌려쓰는 놈들인데 그럴 만도 하지.

나처럼 직업 레벨을 40레벨까지 올려서 대가급의 스킬을 얻으면 또 모를까, 기껏해야 슈퍼 레어 스킬인 직업 스킬이 눈에 찰 리 없다.

게다가 한계돌파는 고유 특성, 즉 가진 사람이 나밖에 없단 소리다. 그런데 직업 레벨을 어떻게 40까지 올려? 못 올리지. 뭐, 세상은 넓으니 특성이 아닌 다른 방법을 동원해서 레벨을 더 올릴 수 있을지도 모르지만 그게 아무나 할 수 있는 일은 아닐 거다.

"아니, 다른 사람이야 어찌 됐건 무슨 상관이야."

지금은 내 일을 걱정해야 하는 판이었다.

"이렇게 된 이상 어쩔 수 없지."

나는 결정을 내렸다.

Chapter 3

이 정글의 필드 보스를 사냥해 인퀴지터건 인스펙터건 쥬
디케이터건 뭐건 끝어낸다! 그리고 그놈으로부터 스킬들을 뜯
어낸다!! 그렇게 뜯어낸 스킬들 중 쓸모없는 것들을 분해해 스
킬 포인트를 챙겨야겠다.

지금은 스킬 포인트가 모자라 어차피 다른 스킬의 승화를
진행할 수도 없으니 내 나름의 고육지책이었다.

그리고 또 하나. 전직을 한다.

반격가 레벨을 이 이상 올리는 것도 생각은 해봤지만 상황
이 상황인지라 그만뒀다. 40레벨 이후로 레벨을 더 올리는 건
지나치게 비효율적이다. 요구 경험치가 너무 높아져서 아무리

나라도 엄두가 안 난다.

40레벨인 반격가 직업 레벨을 올리는 것보다는 다른 직업을 1레벨부터 올리는 게 스킬 포인트를 얻는 면에서는 훨씬 유리하다. 그게 설령 2차 직업이라 하더라도 말이다.

그리고 느낌상, 반격가 레벨을 더 올린다고 뭔가 더 얻을 수 있을 것 같지는 않았다. 반격가 스킬들을 다 통합해 준 [반격의 대가]라는 스킬이 그런 느낌을 강하게 준다.

그래도 혹시 또 모르지. 50레벨까지 올리면 또 뭐가 나올지도. 그러나 그렇다고 피보다도 더 중요한 경험치를 고작 호기심 때문에 낭비할 순 없다.

지금은 레벨 업으로 스킬 포인트를 벌어들이는 것이 우선이다.

사실 스킬 포인트만이 목적이라면 여러 직업을 전전하면서 저레벨 단계의 레벨 업만 반복하는 것이 더 효율적이다. 보통은 전직에 필요한 퀘스트나 자원 때문에 비효율적이지만, 내 경우엔 이런 것들을 생략할 수 있는 레벨 업 마스터의 직업소개소가 있으니까 말이다.

그래, 직업소개소.

혼자 끙끙거리던 나는 이게 헛짓거리라는 걸 뒤늦게나마 깨달았다. 나 혼자 고민하는 것보다는 전문가와 상담하는 게 더 효율적이라는 건 말할 필요도 없는 노릇이다.

"주리 리!"

―네, 대영웅님. 무엇을 도와 드릴까요?

그래서 불렀다. 내 전용 컨설턴트, 주리 리를!

그리고 그 결과.

직업: 야전 마법포병

레벨: 5레벨

주리 리는 내게 무난한 선택을 추천했고, 나는 그 조언을 받아들였다.

스킬 포인트가 목적이라면 레벨 업에 필요한 경험치가 가벼운 1차 직업을 성장시키는 편이 더 효율적이다. 더군다나 반격가의 2차 직업이 별로 매력적으로 여겨지지 않는다면, 야전 마법포병을 마저 성장시키는 것이 더 낫다.

아무리 이제까지 포격 스킬이 별 도움이 안 됐다 하더라도 내겐 [천자총통]이 있고, 좋은 무기와 어울리는 직업의 시너지를 발휘하면 즉시 전력으로 도움이 된다. 그리고 내 마력이 꽤 높은 편이라 좋은 포격 스킬만 갖추면 더 강력한 힘을 발휘할 수도 있을 테고 말이다.

내 생각과 그리 다르지 않은 조언이었기에, 나는 더 고민하지 않고 그 조언을 받아들였다.

"상담 고마워, 주리 리."

―별말씀을. 이것이 제 임무니까요.

그렇게 전직을 마치고 레벨 업 마스터를 인벤토리에 던져 넣은 나는 내 쪽을 멍하니 쳐다보고 있던 안젤라에게 시선을 돌렸다.

"자, 그럼 유니크 스킬 하나 보여줘."

*　　　*　　　*

안젤라를 상대로 [현묘한 간파], [후의 선], [응보의 때]를 모두 켜고 그녀를 응시한 결과, 나는 그녀의 유니크 스킬을 성공적으로 뜯어내었다.

"어쩐지 부끄러운데요. 그런 뜨거운 시선으로 절 응시하시면."

얜 또 뭔 소리래.

"지금 와서 뭘."

"선배 입장에선 어떨지 몰라도 전 오랜만이라고요."

그러고 보니 내 입장에선 눈 감았다 뜬 거지만 안젤라 입장에선 1년 만인가. 어쨌든 안젤라를 상대로 반격가 스킬을 여러 개 써본 결과 [반격의 대가] 스킬을 어떻게 써야 하는지에 대해서도 어느 정도 감이 잡혔다.

뭐, 사실 크게 다를 것도 없었다. 그저 대가급으로 등급이 오르면서 더 강력해졌으면 강력해졌지 손해 본 건 없었다.

"굳이 [막고 던지기]나 [받아쳐 날리기]까지 네 상대로 시험해 볼 필욘 없겠지……."

"저, 아픈 거 싫어요."

안젤라는 단호히 고개를 저었다. 누군들 아픈 걸 좋아하겠니. 그럼 주리 리를 다시 불러서 그림자 용병을 상대로 시험해 볼까? 하는 생각이 잠깐 들었지만 나는 고개를 저었다.

"뭐, 앞으로 시험해 볼 기회는 많으니까."

이제부터 식인 보아뱀과 이 지역의 필드 보스를 잡으러 가는데, 군이 기여도를 소모하면서까지 스킬을 시험해 볼 필요는 없을 것 같았다.

"좋아, 그럼 이동할 준비해."

"이 집에 정도 많이 들었는데 아쉽네요."

안젤라가 자기가 지어놓은 통나무집을 올려다보며 아련히 중얼거렸다. 솔직히 내 입장에서는 이 집에서 하루도 보내지 않아 별로 공감은 가지 않았기에 난 아무 말도 하지 않았다.

그 대신 나는 인벤토리에서 이번에 새로 받은 5성 자동 연주 악보를 꺼내 들었다.

"그건 또 뭐예요?"

안젤라가 기대에 차서 악보를 바라보았다. 나는 말없이 악보를 틀었다.

[그런데 마에스트로 차오차오 옌의 지휘에 의한 '비천의 왈츠' 자동 연주 악보]

—분류: 악보

—등급: 명품(Masterpiece)

—내구도: 15/15

—옵션: [자동 연주]

—설명: 차오차오이즘이라는 새롭고 독자적인 음악적 조류를 연 그란데 마에스트로, 차오차오 옌이 작곡하고 직접 지휘하여 연주한 '비천의 왈츠'를 자동 연주해 주는 악보. 청취자에게 [비행], [가속], [돌격] 특기를 일시적으로 부여한다. 이 부여 효과는 청취자의 몰입도가 높을수록 더 강해지고 오래 지속된다.

'고요하고 안정된 광기'에서도 [에이스의 곡예비행] 숙련도를 올릴 때 한 번 꺼내 쓴 적이 있는 악보이다. 그냥 음악만으로도 매우 훌륭한데 그 부여 효과는 더더욱 훌륭하다. 특히 [가속]이 굉장한데, 몰입도가 최고조에 이르렀을 땐 3배까지 더 빨라질 정도다.

"오오!"

특별한 설명 없이도 이미 '비천의 왈츠'가 어떤 기능을 갖고 있는지 바로 알아챈 듯, 안젤라는 감탄했다. 하지만 이걸로 끝난 게 아니지. 아직 감탄하긴 이르다.

나는 벨트의 버튼을 눌러 '반격의 봉화' 갑옷을 활성화시켰다. 그러자 기존과 달리 장갑과 부츠, 투구까지 결합된 상태로 나타났다.

['반격의 봉화' 추가 강화 디바이스: 장갑]

─분류: 방어구(Armor)

─등급: 제작, 마이스터(Meister)

─내구도: 300/300

─옵션: 방어력 +50, 솜씨 +10, [자동 재생]

 ─[자동 재생]: 벨트 상태에서 내구도가 조금씩 회복됩니다.

─착용 시 기존의 '반격의 봉화'와 결합됩니다.

─'반격의 봉화' 상태에서 장갑으로 변환됩니다.

이건 장갑의 스펙이고, 부츠와 투구도 대동소이하다. 솜씨
대신 민첩이나 직감이 오르는 차이가 있을 뿐이다.

[반격의 봉화: 확장판 (Signal of Counterattack: Extended)]

─분류: 방어구(Armor)

─등급: 제작, 마이스터(Meister)

─내구도: 300/300

─옵션: 방어력 +1,000, [반격기] 스킬 위력 +5레벨,

 ─추가 옵션

 ─투구 기능: [스텔스 모드]로 이행 가능

 ─장갑 기능: [하이퍼 암]으로 변형 가능

 ─부츠 기능: [추진] 기능 활성화

—날개 기능: [활강] 기능 활성화

투구와 장갑, 부츠를 만든 장인이 '반격의 봉화'를 만든 사람과 동일인이라 가능했던 개조였다. 이 확장판 갑옷에 익숙해지는 데도 시간이 많이 걸렸지.

특히 마음에 든 것은 투구의 스텔스 모드였다. 머리를 보호하는 것의 중요성을 알면서도 직감이 떨어지는 페널티 때문에 그간 안 썼는데, 이 투구의 스텔스 모드는 그런 페널티를 거의 없는 수준까지 떨어뜨려 주었다. 갑갑하지도 않고, 잘 보이고, 잘 들린다.

스텔스 모드에 들어가는 게 투구뿐인 건 좀 아쉽지만. 내 모습까지 완전히 숨겨줬으면 좋았겠는데, 그런 기능은 부속되어 있지 않았다.

하이퍼 암 변형 모드도 남자의 로망을 자극해서 아주 좋았다. 발동시키면 거대한 기계 주먹으로 변형되면서 필요할 때마다 팔꿈치에서 제트 부스터가 뿜어져 나와 펀치의 위력을 증대시켜 주었다. 솔직히 나 정도 근력이면 이런 거 필요 없지만, 멋있잖은가? 멋있으면 됐다.

사실 가장 유용한 건 부츠의 추진 기능인데, [비천의 왈츠]나 [에이스의 곡예비행]과 별도로 제트 부스터를 뿜어 추진력을 얻거나 공중에서 자세 제어를 하거나 변칙적인 움직임을 취할 수 있어서 편리하다. 원래 붙어 있던 날개의 활강 기능과 연계해서 쓸모도 많고 말이다.

"어때?"

"어… 남자애들이 좋아하겠네요!"

이렇게 멋진 내 갑옷을 보고서도 안젤라가 보여준 반응은 이게 전부였다. 통탄스럽다! 여자는 로봇과 갑옷을 별로 좋아하지 않는다는 선입견이 어디서 온 건지는 모르지만, 안젤라는 그 선입견을 더욱 굳혀주는 케이스인 것 같아서 마음이 아프다.

"아무튼… 이제 사냥 가자."

"네!"

이러니저러니 해도 안젤라도 플레이어 출신이다. 그동안 집 짓고 농사짓고 했던 것도 여흥이었겠지. 더군다나 인류연맹에 속한 지 얼마 안 되어 금화도 기여도도 모자랄 터. 그녀가 내 결정을 반기는 것은 당연한 일이었다.

*　　　*　　　*

"어, 저……. 선배."

"응?"

"굳이 비천의 왈츠를 켤 필요가 있었을까 싶은데요? 내구도 아깝네요."

"나도 그렇게 생각해."

하도 오랜만에 사냥에 나서니 기합이 너무 들어갔다. 고작 식인 보아뱀 사냥하는 데 이런 고급 장비가 필요할 리 없다. 스킬도 안 쓰고 그냥 맨손을 휘둘러 잡아도 충분한 적들인데 말이지.

그래서 나는 내 갑옷 '반격의 봉화'를 벨트 형태로 되돌렸다. 하지만 '비천의 왈츠'는 그냥 두었다.

"그래도 기왕 듣기 시작한 거 끝까지 듣자."

5성 악곡의 몰입도는 음악을 오래 들을수록 오른다. 기껏 속도를 2배까지 낼 수 있을 정도로 몰입도를 올려놨는데 지금 와서 끄는 건 좀 아쉽다.

게다가 어차피 필드 보스를 잡으면 교단의 플레이어가 날아올 텐데, 딱 그 시점에서 최고의 컨디션이 되도록 타이밍을 맞춰놓는 게 좋겠지.

"네, 선배."

안젤라도 딱히 음악을 끄길 원한 건 아닌 듯 밝은 목소리로 대답했다. 하긴 내 거지, 쟤 건 아니니까.

'비천의 왈츠' 덕도 있어서 정글 전체의 식인 보아뱀을 잡아버리는 데는 반나절도 안 걸렸다. 마음만 먹으면 언제든 할 수 있는 일이었으니까.

그리고 우리는 정글 지역의 필드 보스와 조우했다.

[퀘스트]

—의뢰인: 크리스티나

—종류: 토벌

—난이도: 매우 위험!

—임무 내용: 정글의 지배자, 날개 달린 뱀을 처치하라!

—보상: 금화 6,000개(+100%), 기여도 6,000(+100%), 직업 경험치 6,000(+100%)

"날개 달린 뱀이라."

나는 눈을 껌벅거리며 필드 보스, 날개 달린 뱀의 모습을 보았다. 그 모습은 그냥… 말 그대로 날개 달린 뱀이었다.

다른 식인 보아뱀에 비해 확연히 크기가 커서 목을 들고 서 있기만 해도 그 높이가 10m도 넘고 화려한 일곱 색깔 새의 깃털로 장식된 날개에 비늘마저 무지갯빛으로 반짝이는 점이 좀 특이하긴 했지만, 그렇다고 '큰 뱀'이나 '무지개 뱀'은 좀 아니겠지.

그래, 뭐. 좋지 않은가. 날개 달린 뱀.

"당분간 끼어들지 마, 안젤라. 스킬 훔치게."

"아, 네. 선배."

식인 보아뱀을 처치하면서도 [강하게 조이기], [한 입에 집어삼키기] 따위의 스킬을 손에 넣었지만 합성 재료로 쓰기에도 애매하고 직접 쓰려면 몸을 뱀으로 바꿔야 하기에 분해했다.

사실 난 [집어삼키기]를 이미 갖고 있었고, 이 스킬과 [한 입에 집어삼키기)를 묶어서 합성이 가능하긴 했지만 고작 밥 더 편하게 먹겠다고 스킬 포인트를 낭비하는 건 나로서도 좀 꺼려졌다. 가뜩이나 스킬 초월도 스킬 포인트를 다 써버린 상태기도 했고 말이다.

하지만 필드 보스는 다르겠지. 더 좋은 스킬을 갖고 있을 가능성이 높았다.

*　　　*　　　*

나는 [현묘한 간파]를 켜고 날개 달린 뱀에게 시선을 주었다.

그러자 놈에게 걸린 스킬이 보였다.

[지배의 ???]
사용자: 알 수 없음
사용 시간: 매우 오래전

어라? 이상한 게 걸려 있군. 처음 보는 스킬이다.

[반격의 대가]를 얻은 덕에 내 [간파]는 SS랭크다. 여기에 행운도 99+를 달성하고도 주사위로 더 올려줬다.

그런데도 [현묘한 간파]로도 스킬을 뜯어올 수 없는 데다 스킬의 이름을 다 표시할 수 없고 사용자도 알 수 없음이 뜨고 사용 시간이 애매하게 표기되다니. 아무래도 꽤나 랭크가 높은 스킬인 모양이었다.

"저걸 어떻게 뜯어낼 방법이 없을까?"

가장 가능성이 높은 방법은 물론 주사위를 한 번 더 굴리는 것, 그러니까 반격가 스킬을 한 번 더 써보는 것이다. 하지만 타인이 목표에게 걸어놓은 스킬을 훔쳐오는 액티브 스킬은 현묘한 간파를 제외하면 하나밖에 남지 않았다.

그럼 그거 써야지.

나는 날개 달린 뱀에게 접근했다. 날개 달린 뱀은 내 접근에 반응도 못 했다. 당연하지, 능력치 차이가 얼만데. 이제 필드 보스급은 거의 내게 위협을 주지 못한다.

나는 그대로 뛰어올라 날개 달린 뱀의 몸에 손바닥을 대었다. 그리고 날개 달린 뱀에 걸린 [지배의 ???] 스킬을 목표로 [차단]을 사용했다.

―[차단] 실패

아니, 대체 얼마나 등급이 높기에 SS랭크 차단으로도 취소가 안 되지?

"샤악!"

나는 다소 당황한 탓에, 나는 날개 달린 뱀의 공격을 허용했다.

[간파]

─[치명적인 조르기]

사실은 일부러 허용한 거지만. [치명적인 조르기]는 슈퍼 레어 스킬이었다. 간파 한 방에 뜯어왔다.

잘 먹었습니다.

"선배, 괜찮아요?"

"체온 서늘하고 딱 좋아."

날개 달린 뱀의 품에 폭 안긴 내게 안젤라가 걱정스러운 듯 외쳐 물었지만 그런 걱정은 할 필요가 없었다. 그러든지 말든지. 나는 묵묵히 날개 달린 뱀의 품에 안긴 채 다시 한번 차단을 사용했다.

─[차단] 실패

[현묘한 간파] SS랭크의 보너스로, [차단]을 시도할 때마다 해당 스킬의 랭크가 떨어지는 효과가 새로이 붙었다. 즉, [차단] 가능성은 점점 올라가는 셈이다.

그럼에도 불구하고 2번 연속으로 실패하다니. 대체 얼마나 강력한 스킬이기에 이렇지?

[간파]

―[맹독 샤워]

"샤샤샤!!"

고민에 잠긴 내게 날개 달린 뱀이 스킬을 사용해 맹독의 소
나기를 퍼부었다. 비록 높은 강건 능력치의 힘으로 독 상태이
상에 빠지진 않았지만, 맹독 자체가 지닌 강렬한 독성 때문에
내 생명력이 조금씩 깎이기 시작했다.

[맹독 샤워]도 당연히 단번에 뜯어왔다. 오, 이 스킬은 꽤 쓸
모 있어 보인다. 일단 슈퍼 레어 등급이고. 비록 선제 조건으
로 [독 생성]이 필요하지만 합성 재료로는 좋아 보인다. 바로
갈지 말고 갖고 있어볼까?

"선배, 진짜 괜찮아요?"

"이건 좀 더럽지만 괜찮아. 나중에 씻어야겠어."

안젤라의 말에 다시 한번 적당히 대꾸해 주었다.

그나마 [차단]의 쿨이 짧아서 다행이다. 나는 그렇게 생각하
며 또 [차단]을 사용했다.

―[차단] 실패

세 번째 실패. 하지만 나는 굴하지 않는다.

[차단]의 랭크 저하 효과는 계속해서 중첩되고 있으니, 언젠

가는 성공할 테니까.

칠전팔기다!

*   *   *

실제로는 차단에 성공한 건 10번째였다. 10번이나 시도했음에도 불구하고 나는 [지배의 ???] 스킬을 뜯어내는 데는 실패했다.

하지만 당연한 결과였다.

랭크가 충분히 떨어져 [지배의 ???] 스킬이 대체 어떤 스킬인지 나도 뒤늦게나마 비로소 확인할 수 있었다.

[지배의 권능]

─등급: 권능(Power)

─숙련도: ─랭크

─효과: ???

[주의!] 이 스킬의 열람 및 이용에는 [자격]이 필요합니다.

무려 권능급 스킬인데 쉽게 뜯어낼 수 있을 리가 없었다. 반격의 대가는 무슨, 반격의 신이 왔어도 뜯어낼 수 있을까 의문이 드는 등급이었다. 뜯어내기는커녕 차단에 성공한 게 용하다. 아마도 높은 행운 능력치 덕이겠지. 굉장히 낮은 성공

확률을 뚫은 결과였으리라.

"오, 오오오……."

그렇게 내가 지배 스킬을 취소해 주자마자, 날개 달린 뱀은 내게 걸고 있던 [치명적인 조르기]를 풀며 신음 소리를 냈다.

"여기는… 어디지?"

"뭐야? 너 말할 수 있는 거냐?"

나는 놀라서 되물었다. 그러자 날개 달린 뱀은 그 큰 뱀의 눈을 끔벅거리며 날 보았다.

"당신은?"

"내 이름은 이진혁이다. 너는?"

일단은 대화할 의사를 보였기에, 나는 대답을 해주고는 그렇게 되물었다.

"제 이름은… 케찰코아틀. 날개 달린 뱀이자 한때는 신으로서 섬김을 받았던 몸. 하지만 지금의 제 몸에는 단 한 티끌의 신성조차 남아 있지 않군요. 그래요, 제가 말하는 걸 보고 놀랄 만도 하군요. 지금의 저는 한낱 파충류일 따름이니……."

지배 스킬을 풀어주자마자 갑자기 달변이 된 날개 달린 뱀, 케찰코아틀은 아무래도 더 이상 우릴 적대할 생각은 없는 것 같았다. 그보다는 자신의 처지를 비관하듯 음울한 눈으로 주변을 둘러보고 있었다.

"어떤 인간에게 지배당해 이곳의 생명체를 절멸시키라는 명령을 받은 것 같은데……. 아니, 그래도 신이었던 저를 지배할 정도라면 보통 인간은 아니겠죠. 아무리 그래도 그렇지 이렇게까지 영락해 버리다니, 이제는 어디 가서 신이었다는 말을 감히 입에 올리지도 못하겠군요."

지배? 절멸? 케찰코아틀은 혼잣말처럼 탄식했지만, 내 입장에서는 그냥 넘어갈 수 없는 소리이기도 했다. 아무래도 케찰코아틀과는 나눌 이야기가 길어질 것 같았다.

"이진혁 님, 제게 걸린 [지배의 권능]를 풀어준 것은 혹시 당신인가요?"

"그래, 맞아. 사실 쉬운 일은 아니었지."

"감사합니다. 그리고 미안합니다. 무엇보다 먼저 당신께 감사 인사를 올렸어야 했는데……."

케찰코아틀은 고개를 숙였다. 그래도 워낙 큰 탓에 여전히 올려다봐야 했지만.

그나저나 이 녀석, 뱀치고는 예의가 너무 바르다.

"됐어, 그럴 수도 있지."

"이 은혜를 어떻게든 갚고 싶습니다만……."

"그런 건 됐고."

사실은 안 됐지만, 이런 건 억지로 얻어내는 게 아니다.

"이야기를 좀 나눴으면 하는데."

그리고 정보 또한 훌륭한 보상이 될 수 있다.

*　　　*　　　*

"…세상 사는 게 만만치가 않군."

나는 씁쓸히 중얼거렸다.

이번 일로 권능 스킬을 사용하는 적이 교단에 도사리고 있다는 게 확실해졌다. 나도 사용하지 못하는 권능 스킬을 사용할 수 있다는 명제가 가리키는 바는 꽤나 명확했다.

그 적의 정체는 신이거나 그에 준하는 존재다.

기억을 되새겨 보면 이 세계에 오자마자 처음 만난 토착 인류 종족인 드워프들도 언급한 적이 있었다. 신이 강림해 불을 금지했다고. 지금 생각해 보면 그 정도 이적을 벌이려면 권능급 혹은 그 이상의 스킬이 필요하리라. 고작 인퀴지터들에게 그런 짓이 가능하지는 않았을 테니, 교단에 도사린 거악은 꽤나 강대할 것이 뻔했다.

"그래, 신 정도는 되겠지."

아무리 만신전과 교단이 갈라섰다는 정보를 들었다고 한들, 정말로 교단 내에 신이 단 한 개체도 없을 리는 없다. 그리고 그 신이 '가나안 계획'을 주도했다. 별로 틀릴 거 같지는 않는, 하지만 내게 있어선 최악의 가설이다.

하긴 교단과 적대하기로 처음 마음먹었을 때 이미 각오했던 바 아니던가. 그때 나는 이미 신을 상대로 싸울 각오를 굳혔다. 필요하다면 나 스스로를 신위에 올리리라고도 결심했었지.

오래전에 주사위를 미리 던져둔 셈이다. 지금 와서 던져 버린 주사위를 다시 주워 올리려고 해봤자 승부의 결과는 변하지 않는다.

"선배, 퀘스트가 해결됐어요."

생각에 잠겨 있던 내게 안젤라가 그렇게 속삭였다. 필드 보스 처치 퀘스트가 클리어 처리된 걸 언급하는 것 같았다.

"그야 그렇지. 필드 보스인 케찰코아틀을 죽이지는 않았지만, 어쨌든 없앴으니까."

사실은 나도 이렇게 될 줄은 몰랐지만, 퀘스트 클리어를 처음 확인했을 때는 나도 놀랐었지만 이렇게 될 줄 알고 있었던 것처럼 굴었다.

그놈의 선배가 뭐라고.

어쨌든 날개 달린 뱀은 굉장히 강력한 필드 보스로 판정돼서, 퀘스트 보상을 얻음으로써 내 야전 마법포병 레벨이 세 단계나 상승했다. 금화와 기여도 보상도 적지 않았으니 사실 포기하기엔 좀 아쉬운 퀘스트였는데 이런 방식으로라도 깰 수 있게 되어 다행이었다.

"그런데 그 뱀이랑 무슨 이야기를 나누신 거였어요?"

"너, 못 알아들었나?"

"그걸 알아듣는 선배가 이상한 거죠."

"그건 그런가?"

케찰코아틀이 어떤 언어를 사용하는지는 모르지만, 그녀는 아무래도 인류의 말을 사용하는 것 같았다.

내 종족 특성인 [모든 인류의 뿌리]는 인류의 언어라면 자동적으로 알아들을 수 있는 능력이니까.

어쨌든 내겐 케찰코아틀의 말을 안젤라에게 통역해 줄 능력이 있었다. 그러나 실제로 통역해 주진 않을 것이다. 왜냐하면……

"귀찮아."

유니크급 스킬을 내게 뜯겨준다면 또 모를까. 공짜로 통역 서비스를 제공할 이유는 없다. 안젤라도 스킬까지 대가로 뜯겨가며 케찰코아틀의 이야기에 대해 알고 싶지는 않은지, 그 이상 내게 캐묻지는 않았다.

"그래서 지금 어디 가는 거예요?"

"케찰코아틀이 우리에게 보상으로 넘겨준 것들을 회수하러 갈 거야."

케찰코아틀은 스스로의 입으로 과거 신성을 지녔었다 말했다. 그런 그녀의 말은 아주 거짓말인 것만은 아닌 듯했다. 권능 스킬인 [지배의 권능]에 걸려 있었으면서도 어느 정도의 왜곡을 통해 결과적으론 명령을 거부해 내는 데 성공했기 때문이다. 그것은 보통 일은 아니었으리라.

"보상이요? 그게 뭔데요?"

이해한다. 보상이라는 건 가슴 뛰는 단어지. 그러나 나는 안젤라의 기대에 찬 시선을 피하며 건조하게 대꾸했다.

"사람들."

"네?"

내 대답이 의외였는지, 안젤라는 곧장 되물었다. 다시 대답해 주기는 귀찮았지만, 내가 대충 대답한 건 사실이었기에 할 수 없이 부연 설명을 해주었다.

"본래 이 정글에 살던 인류 종족들이야."

안젤라는 충격을 받은 듯 잠시 입을 다물었다.

"하, 하지만 그런 흔적은 발견 못 했는데요. 식인 보아뱀을 사냥하느라 정말 이 정글 구석구석을 돌아다녔잖아요. 그래도……."

"응. 살아 있는 흔적은 발견 못 했지."

살아 있는 흔적은 말이다.

곧 우리는 케찰코아틀이 말해준 곳에 도착했다. 그곳은 커다란 바위 언덕처럼 보였으나, 사실은 조금 달랐다.

"여기도 왔었어요."

"그랬지."

나는 바위를 들어 올렸다. 자연물처럼 보였던 그 바위는 마치 냄비 뚜껑처럼 생겼는데, 보통 사람이라면 들어 올릴 생각도 못 했을 것이다. 하지만 나는 보통 사람이 아니고, 이 바위 밑에 뭐가 있는지도 안다.

바위 아래는 마치 냄비처럼 움푹 파인 공간이 있었다. 칼로 잘 잘라 떠낸 듯한, 명백히 인위적인 공간이었다. 그 공간은 뜨거운 정글의 온도와는 상반된, 영하에 가까운 냉기를 머금고 있었다.

그 공간은 텅 비어 있지는 않았다. 오히려 꽉 차 있었다. 냉기에 의해 동면 중인 뱀들로 말이다.

더 명확하게 하자면 그것들은 뱀이 아니었다. 하반신은 뱀의 모습이었으나, 상반신은 인류 종족의 모습이었으므로.

"히익……!"

안젤라가 짧은 비명 소리를 내질렀다. 그 모습이 끔찍했기 때문이 아니었다.

아니, 어떤 의미에서는 끔찍하기는 했다. 그들이 그렇게 된 이유에 대해서 떠올려 보자면. 그리고 안젤라는 그 이유를 능히 떠올릴 수 있으리라.

내가 그녀에게 가르쳐 주었으니까.

이 세계의 토착 인류 말살 계획, 통칭 가나안 계획에 대해.

"이들은 아마조네안이다."

"…네? 제가 아는 아마조네안이랑은 딴판인데요? 정글 엘프라고도 불릴 정도로 아름답고, 무엇보다 다리 두 개 멀쩡히 달린 데다 변온동물도 아니었어요."

정정한다. 안젤라는 알아채지 못한 모양이다.

"이런 모습이 되어서 살아남을 수 있었던 거야."

"…아!"

이제야 알아챈 모양이군. 나는 쓴웃음을 흘리며 뱀 인간들에게 시선을 옮겼다.

*　　　　*　　　　*

　지배에 걸린 채 살균 병기, 인류연맹에서 칭하기는 필드 보스로서 이 정글에 배치된 케찰코아틀은 자신을 지배한 자로부터 이 정글의 모든 인간형 생물을 죽이라는 명령을 받았다.

　그리고 그 대상이 된 게 지금의 이 뱀 인간들이었다.

　이들이 처음부터 뱀의 하반신을 갖고 있던 건 아니었다. 이들은 본래 이 정글의 토착 민족이자 뜨거운 피가 돌던 인류 종족인 아마조네안들이었다.

　안젤라는 이들을 정글 엘프라고도 불렀지만 이들의 혈통은 엘프의 먼 친척조차 아니다. 이런 오해는 외부인들이 보기에 숲에 사는 엘프와 정글에 사는 아마조네안들이 닮아 보였기 때문에 생긴 것이리라. 아마조네안 여성들도 엘프 못지않게 아름다웠던 것도 일조했을 테고.

　아마조네안들 무리가 여성으로만 이뤄져 있다는 헛소문도 유명하다. 대외적인 활동을 하는 이들이 대부분 여성으로 구성되어 있다는 것이 오해를 산 원인일 터였다.

　실제로 외부인이 아마조네안 남성을 보는 경우는 매우 드문데, 그들은 아마조네안 사회의 비처에서 정치적이고 종교적인 일에 종사한다.

반대로 전투와 전쟁, 사냥은 여성들의 일이다. 아마조네안 여성들은 아름다운 만큼 강인해서, 그들의 투창 실력은 일품이라고도 전해진다.

그러나 그 투창 실력이 아무리 뛰어난들, 거대한 날개 달린 뱀인 케찰코아틀을 상대로 어찌할 바가 있을 리 없다.

원래대로라면 케찰코아틀의 독 샤워를 맞고 전멸해야 할 운명의 아마조네안들이었지만, 케찰코아틀은 이들을 어여삐 여겼다. 그래서 그녀는 아마조네안들을 다 죽이는 대신 이들의 하반신을 뱀의 모습으로 변이시키고 파충류로 바꿔놓았다.

아마조네안들은 파충류로 바뀌었기에 동면에 들 수 있었고, 죽지도 살지도 않은 상태에 빠져들었다.

이렇게 함으로써 케찰코아틀은 인류 종족을 다 죽이라는 지배자의 명령을 왜곡시키는 것에 성공했다. 그것은 과연 과거에 신이라 할 만한 존재가 아니었다면 불가능했을 이적이었다.

'그럼에도 저는 그들에게 재앙을 내린 재앙신이겠죠. 실제로도 그렇고요. 저는 그들을 볼 면목이 없습니다.'

케찰코아틀은 회한이 깃든 눈동자로 나를 바라보며 그렇게 한탄했다.

그녀의 말이 맞았다. 하루아침에 완전히 다른 존재가 되어버린 아마조네안들은 스스로의 몸에 일어난 일을 어떻게 생각할까? 신의 축복? 아니다. 아무리 긍정적으로 받아들여도

천벌, 보통은 악신의 저주라 여길 것이다.

'그러니 부디 저 대신 그들을 구원해 주시기 바랍니다. 동시에 그것이 제가 당신께 드릴 수 있는 감사의 표시이기도 합니다.'

꽤나 뻔뻔한 소리였지만, 확실히 내겐 쓸모 있는 보상이었다. 아마조네안들을 구원함으로써 얻는 우호도와 신앙은 내게 큰 보탬이 될 테니까.

"그럼 일단 깨워야겠지."

나는 가장 먼저 이 영역에 걸려 있는 [시간 동결] 스킬을 해제하기 위해 움직였다. 아마조네안들은 그냥 얼어붙어 있는게 아니라 생체 시간이 정지당해 있었다.

당시만 해도 케찰코아틀에겐 신성이 남아 있었는지, 시간 동결 스킬은 무려 신화급 스킬에 해당했다. 운이 좋다면 스킬을 뜯어낼 수 있을지도 모른다고 생각했지만 언감생심이었다. 이 신화급 스킬도 [차단]을 하기 위해 3번에 걸쳐 랭크를 떨어뜨려야 했을 정도였다.

그렇게 시간 동결 스킬을 해제했지만, 그럼에도 아마조네안들은 쉬이 눈을 뜨지 못했다. 이 공간이 아직 차가운 탓도 있겠지만, 아마 생명력이 지나치게 저하되어 있는 탓일 터였다.

나는 마력을 생명 속성으로 전환해 아마조네안들을 향해 흩뿌려 주었다. 그제야 아마조네안들은 하나둘씩 눈을 뜨기 시작했다.

"오, 오오……."

"이곳은……."

아마조네안들이 완전히 눈을 뜨기 전에, 미리 목을 가다듬어 둔 나는 나름 위엄 있는 목소리로 그들에게 고했다.

"정신이 드느냐."

내 목소리를 듣고 날 본 아마조네안들은 서로 눈치를 보다가, 그중에 가장 지체 높아 보이는 이가 대표로 나서서 말했다.

"당신은 누구십니까?"

"너희를 깨운 자다. 너희는 아주 깊은 잠에 빠져들어 있었지."

다시금 웅성임이 있었다.

"기억이 납니다. 우리는 잠들어 버렸죠. 잠들기 전에, 우리는 거대한 날개 달린 악마의 저주에 의해 이런 끔찍한 모습으로 변모해 버렸습니다. 우리를 잠들게 만든 것도 그 악마일 터입니다. 그 악마는 죽었습니까?"

그렇게 말하면서도 분이 안 풀려 이를 갈며 섧게 말하는 모습이 인상적이다. 이들에게서 신앙심을 뜯어내려면 그냥 내가 그 악마를 죽였다고 말하는 게 유리해 보였다.

"아니다."

그러나 나는 고개를 저었다.

"나는 너희들이 말하는 그 악마에게서 부탁을 받고 왔다."

진실을 말해주는 이유?

그냥 변덕이었다.

"너희를 긴 잠에서 깨우고, 너희에게 걸려 있는 저주를 풀어달라고 하더군."

내 대답이 의외였던지, 아마조네안 대표는 몇 번 입을 끔벅거리다가 큭, 하고 이를 꽉 깨물더니 날 노려보며 분노에 차 말했다.

"그럴 거면 왜! 애초에 왜 저희에게 이런 끔찍한 저주를!!"

직접적인 은인인 내 앞에서마저 숨기지 못할 정도로 원색적인 분노에, 나는 혀를 끌끌 찼다.

"그야 너희를 파멸의 운명에서 빗겨가게 하려고 그랬지."

어쨌든 이들을 깨운 건 나다. 내 말을 무시하지는 못한다. 그 증거로, 대표의 얼굴에선 분노의 기색은 씻겨 나가고 대신 창백한 공포가 자리했다.

"파, 파멸의 운명……."

"짚이는 구석이 전혀 없나? 갑자기 불이 붙지 않는다든가, 거래를 했던 전쟁을 했던 뭘 했던 어떤 식으로든 관계를 맺고 있던 주변 종족의 소식이 갑자기 끊어졌다든가."

내 말을 들은 아마조네안의 대표는 내 질문에 대답하지 못하고 그대로 말을 잃었다.

역시 짚이는 게 있었던 모양이로군. 그야 그럴 테지.

"너희가 말한 그 날개 달린 악마는 본래 너희를 완전무결하게 이 세상에서 지워 버리기 위해 파견된 악신의 사도였다."

나는 엄숙히 선언했다. 사실 악신의 사도가 아닌 교단의 노예였지만, 그런 것까지 일일이 설명할 필요는 없겠지.

"그러나 그 악마는 악신의 명령을 비틀어 버리고 너희가 이 세상에서 지워진 것처럼 포장했지. 그렇기에 비록 세월은 지났지만 너희는 이렇게 눈을 뜰 수 있게 된 거다."

나는 씨익 웃어주었다.

"자아, 어떤가. 너희의 그 모습은 죽는 것보다 더 치욕스러운가?"

단순한 변덕이자 심술이었다.

쭉 뻗은 길을 놔두고 괜히 돌아가는 길을 선택한 거나 다름없지만, 뭐 어떤가. 돌아가는 게 가장 빠르다는 격언도 있지 않은가? 좀 다른가? 아아, '급할수록 돌아가라'였군.

"…그렇다면 우리는 그동안 우리의 은인을 원수로 대한 것이나 다름없군요."

아마조네안 대표의 머리가 푹 숙여졌다. 분노로 인해 꽉 쥐어졌던 주먹은 힘없이 풀렸다. 진실은 항상 좋은 것만은 아니다. 그것은 찬란하게 빛나는 칼날이고, 누군가를 치유할 때보다는 상처 입힐 때가 더 잦다.

그렇다고 그걸 깊은 어둠 속에 묻어놓고 잊는 것도 안 될 일이다. 그 칼날은 아무리 깊은 어둠 속에 묻어봐도 빛을 잃지 않을 테고, 언젠가 세상에 나와 사람들을 상처 입힐 테니까.

그럴 거라면 차라리 드러내 놓는 것이 낫다. 적어도 상처를 덜 입도록 대비는 할 수 있을 테니까.

"응, 뭐. 그렇지. 그래도 신경 쓰지 마. 모르면 그럴 수도 있지. 너희 입장에서야 모르는 뱀이 갑자기 찾아와서 한마디 말도 없이 너희를 뱀 인간으로 만들어 버린 거잖아."

아, 너무 가벼운 말투로 말해 버렸다. 기껏 처음에 무게 잡은 게 다 헛것이 되어버렸군. 나는 헛기침을 해 다시 목소리를 가다듬고, 이번에는 묵직한 말투로 말했다.

"너희들이 이제부터 해야 할 일은 후회도 속죄도 아니다. 너희들이 지금 당장 해야 하는 일은 단 하나. 아는 것, 인지하는 것이다."

내 말을 들은 아마조네안 대표의 눈빛이 변했다.

"알려주십시오. 저희가 알아야 할 것이 무엇입니까?"

이제야 좀 마음에 드는 얼굴을 하는군. 나는 그 질문에 흔쾌히 대답해 주었다.

"사실 이미 너희가 아는 것이다. 너희를 이 세상에서 지워버리고자 하는 존재가 있다는 것. 바로 그것이다. 그리고 그존재는 실로 신적인 존재여서, 너희의 힘으로는 도저히 대항할 수 없을 것이다."

간신히 살아났던 아마조네안들의 눈빛이 다시금 죽어버렸다.

"그, 그런⋯⋯. 그런 걸 안다고 무엇이 바뀝니까? 신을 상대로 저희가 뭘 어떻게 할 수가 있겠습니까?"

"방법이야 있다."

나는 다시금 이를 드러내어 보이며 웃었다.

"적의 적은 친구라는 격언이 있지. 항상 들어맞는 격언은 아니다만, 대충은 들어맞기에 이런 격언도 전해져 내려오는 것일 터다."

그렇게 운을 떼곤, 나는 아마조네안들을 둘러보았다. 시선이 모여드는군. 나쁘지 않다.

"나는 너희를 없애 버리고자 하는 세력의 적이다."

거짓말이 아니다. 나는 교단의 적이니까. 그리고 아마조네안들은 교단에 의해 전멸당할 뻔했다. 적의 적은 친구. 그러니 우리는 친구가 될 수 있을 것이다.

그러나 내가 원하는 건 단순한 우호 관계가 아니다. 이들이 내게 신앙을 바치는 것. 그럼으로써 내가 신성을 얻고 더 강해지는 것이다.

"그러니 나를 지지해라. 내게 힘을 실어줘라! 그리하면 내가 너희로 말미암아 얻은 힘으로, 너희의 적을 치리니!"

무력하게 텅 비고 말았던 아마조네안 대표의 눈에 총기가 돌아왔다.

절망적으로 거대한 원수, 손도 못 뻗을 정도로 압도적인 악적. 그런 상대에게 들이밀 수 있는 칼날이 바로 여기에 있다.

"…그것이 너희가 할 수 있는 일이다."

자아, 잡아라.

나는 너희의 희망이다.

*   *   *

아마조네안들에게 걸려 있던 저주는 광역 저주였기에, 일일이 하나씩 저주를 풀 필요가 없었던 것은 다행이었다. 그 저주 또한 신화급 스킬로, 여러 번 [차단] 시도를 했어야 했기 때문이다. 만약 일일이 저주를 풀어야 했다면 내 위엄이 많이 손상될 뻔했지.

아마조네안들의 저주를 풀어주고 이들에게도 만찬을 베푸니, 이들과의 우호도도 500을 달성하게 되었다.

재미있었던 것은 뱀 인간이었던 때에는 활성화되지 않았던 인류 종족과의 접촉 퀘스트와 우호도 퀘스트가 저주를 풀자마자 활성화되어 보상이 들어온 것이었다. 역시 파충류는 인류가 아니라는 건가? 아니, 그야 그렇긴 하겠지만.

나는 다른 종족들에게 했듯 이들에게도 이진혁교의 교리를 전했다. 뭐, 교리라고 해봤자 다른 신도들이랑 친하게 지내라, 자비를 베풀어라, 문명을 발전시키고 번영하라, 이런 거였지만.

이렇게 나는 내게 신성을 가져다주는 세 번째 집단을 만드는 데 성공했다.

한 번에 백 명이 넘는 신자를 받아들였으니, 이진혁교의 교인이 확 불어난 셈이 되었다. 그렇다고 당장 신성의 등급이 오른 것은 아니었지만, 일주일에 2 올랐던 신앙이 3 오르게 바뀌었으니 더 빨리 다음 단계로 나아갈 수 있게 된 것에 만족해야 했다.

이 모든 일련의 과정을 거쳤음에도 불구하고, 우리는 교단의 끄나풀과 조우하지 않았다. 케찰코아틀을 지배에서 벗어나게 한 지도 꽤 시간이 지났음에도 말이다.

"아무래도 쥬디케이터도 카자크도 더 이상 절 노리지 않는 모양이네요. 완전히 포기한 것 같아요."

안젤라는 안도의 한숨을 내쉬었지만, 내 입장은 달랐다. 인퀴지터건 쥬디케이터건 상관없으니 맞서 싸우고 승리해 그 보상을 받아 챙기고자 했던 계획이 어그러졌으니 말이다. 물론 이런 내심을 안젤라에게 드러내 놓을 수는 없지.

게다가 너무 나대는 것도 좋지 않다. 카자크와 대결했다가 순식간에 목숨 두 개를 날려 버린 경험을 벌써 잊기엔 별로 세월이 오래 지나지도 않았다.

뭐, 좋은 게 좋은 거라 쳐야지.

"그럼 다음 지역으로 움직이자."

만약 교단이 안젤라나 이곳의 필드 보스 관리에 관심이 없어졌다면 이젠 망설일 필요가 없다.

　이제부터 나는 본격적으로 가나안 계획을 망쳐 버릴 생각
이었다.

Chapter 4

"그런데 선배, 정말로 이 여자를 데려갈 거예요?"

안젤라가 말한 이 여자란 바로 케찰코아틀을 말한다.

날개 달린 뱀의 모습이었던 케찰코아틀은 지금 인간형 여성의 모습을 취하고 있었다. 인간형이라고 해서 인간이라는 의미는 아니지만.

물론 이 모습은 케찰코아틀의 진짜 모습이 아닌 변신 스킬에 의한 가장에 불과하다. 내가 사람에게 저주를 걸어대는 거대한 날개 달린 뱀과 같이 다닐 순 없어 모습을 바꿔달라고 했더니 이 모습을 취해주었다.

팔 둘에 다리 둘, 머리 하나에 눈 둘, 코 하나, 입 하나 붙은 건 인간이랑 같다. 아니, 얼굴 조형은 인간의 기준으로 볼 때 보기 기분 나쁘지 않다. 오히려 인간과 유사했고, 미녀로 보이기도 했다.

하지만 일곱 색깔 깃털이 난 날개를 등에 달고, 머리칼 색도 일곱 색으로 화려한 게 앵무새를 연상케 했다. 이 원색이 영 인간 같아 보이지 않는단 말이지.

옷으로 가린 부분보다 드러낸 부분이 더 많을 정도로 건강한 갈색 피부를 아낌없이 드러내고는 있지만, 내 취향이 아니라 그런지 그리 야해 보이지도 않았다.

그렇다고 내 취향에 맞는 지구인 모습을 취해달라고 말할 생각은 추호도 없다.

내가 뭐 하러 그런 요청을 하겠는가?

어쨌든.

"응, 맞아."

나는 안젤라의 물음에 고개를 끄덕여 주었다.

"[지배의 권능]에서 풀어준 보답을 하고 싶다고 해서, 데리고 다니기로 했지. 그렇지?"

"네, 그렇습니다. 그러니 앞으로 잘 부탁드립니다, 안젤라 선배."

케찰코아틀은 안젤라가 상당히 까칠한 말투를 취했음에도 불구하고 부드러운 미소와 함께 안젤라에게 그렇게 말을 걸었다.

"엇?! 내 말을 알아듣다니! 게다가 우리 말을 하다니!!"

안젤라는 이 상황을 전혀 예측하지 못한 듯 상당히 당황했다.

"[바벨을 모르는 자] 스킬을 사용했거든요."

케찰코아틀은 상냥하게 웃으며 안젤라의 의문을 풀어주었다. [바벨을 모르는 자] 스킬은 레전드급 스킬로, 언어를 지닌 상대와 대화를 가능하게 해주는 효과가 있었다. 나는 언젠가 저 스킬을 [현묘한 간파]로 뜯어내고 말 거라고 벼르고 있었다.

물론 내게는 [태초의 인류]가 종족 특성으로 붙어 있어서 인류를 상대로라면 언어를 몰라도 대화가 가능하니 소통 스킬이 꼭 필요한 것만은 아니었다.

하지만 레전드급 스킬인데 설마 정말로 대화만 가능한 스킬이겠어? S랭크까지 성장시키면 뭔가 특별한 옵션이 나올 것 같았고, 그렇지 않더라도 합성용으로 레전드급 스킬은 꽤 가치가 있으며, 정 급하면 그냥 갈아서 스킬 포인트로 전환해도 되니 어떻게든 쓰임새를 찾아낼 수 있었다.

그랬다. 내가 케찰코아틀과 동행하기로 한 이유는 그녀를 전력으로 활용하기 위해서도 했지만, 다른 무엇보다 그녀가 갖고 있는 스킬들이 목적이었다.

비단 [바벨을 모르는 자] 스킬뿐만이 아니다. 과거에 신이기까지 했다니, 꽤 고급 스킬들을 많이 갖고 있지 않을까? 예를 들어 아마조네안들을 뱀 인간으로 만들고 봉인할 때 썼었던 신화급 스킬이라든가.

물론 어느 정도 신성을 되찾아야 그 스킬들을 사용할 수 있게 될 테고, 그때가 되어야 나도 [간파]로 그 스킬들을 뜯어낼 수 있을 거긴 하겠지만 말이다. 어차피 나도 지금 수준의 [간파]로는 신화급 스킬을 뜯어내는 건 힘드니 조금은 훗날의 일이 되겠지.

그 가능성을 남겨놓는 것만으로도 의미가 있다. 말하자면 이건 투자다.

그런 이유로, 나는 안젤라가 뭐라고 반대하든 반드시 케찰코아틀을 데려갈 생각이었다.

"…하긴, 우리는 같은 적을 상대해야 하니까요."

그러나 안젤라가 반대하리라는 내 생각과 달리 그녀는 더 이상 강하게 나오지 않았다. 게다가 그런 안젤라의 발언은 단순히 그냥 들어 넘길 만한 성질의 것이지도 않았다.

우리는 같은 적을 상대해야 한다.

그 말인즉슨, 안젤라도 교단을 상대로 싸울 마음을 굳혔다는 의미로밖에 해석되지 않으니까

"함께 싸울 동지로서 받아들여 주셔서 감사합니다, 안젤라 선배."

케찰코아틀 또한 그렇게 말함으로써, 자신의 적이 교단임을 확실히 해주었다.

하긴 자신에게 지배 스킬을 건 상대에게 적의를 품는 건 자아를 지닌 생명체로서 당연한 거다. 더욱이 절대로 따르기 싫었던 명령까지 내렸으니, 복수하고자 하는 마음이 생겨나는 것도 자연스러운 현상일 테지.

그래, 좋다. 이렇게 된 이상 케찰코아틀을 그냥 스킬 적금 묻어둔 은행으로만 생각하는 건 그녀의 의지를 모독하는 짓이다.

같은 교단의 적으로서, 가나안 계획을 무너뜨릴 동지로서 그녀를 받아들여야겠다.

*   *   *

이진혁이 체재 중인 세계에서 멀리 떨어진 차원.

한때는 어떤 신이 거하던 차원으로, 그때는 영광과 찬란함으로 가득한 공간이었을 터이나 지금은 그저 정복되어 황폐화되었을 뿐인 그 차원에는 낡고 볼품없는 오두막이 한 채 세워져 있었다.

그 오두막의 좁은 방에 놓인 낡은 소파에, 한 남자가 드러누워 있었다. 남자가 머리를 걸친 소파의 팔걸이는 인조가죽으로 덮여 있었는데, 워낙 싸구려라 머릿기름으로 인해 변색되고 경화되어 가고 있었다. 그 탓에 가죽이 갈라지고 뜯어져 다 떨어져 가고 있었다.

누운 남자는 그런 허름함에 신경도 안 쓰는 듯, 아니, 오히려 안락하게 느끼는 듯 나지막하게 콧노래마저도 부르고 있었다.

"으음?"

남자의 콧노래가 멈췄다.

"지배가 풀렸군."

남자의 권능 스킬, [지배의 권능]은 쉬이 풀리는 스킬이 아니다. 고작 시간의 흐름 따위가 그 강력한 스킬의 효과를 약화시킬 수 있을 리 없다. 누군가의 인위적인 개입이 없다면 절대 풀리지 않는다고 봐도 좋다.

그 개입한 누군가는 권능 스킬마저도 취소시킬 수 있는 강력한 힘의 소유자일 터였다.

"끙차."

남자는 낡은 인조가죽 소파에서 몸을 일으켰다. 그리고 인벤토리에서 담배를 꺼냈다. 싸구려 종이 담배였다. 성냥개비를 들어 불을 붙인 그는 깊숙이 담배 연기를 들이켰다. 저질 필터인 탓에 거의 걸러지지 않은 매캐한 풀 비린내가 폐부 가득 침입했으나, 남자는 오히려 그것이 마음에 든 듯 미소를 지었다.

"하아……. 이 맛이야."

그렇게 한 차례 담배를 뻑뻑 피워대 좁은 방 안을 완전히 담배 연기로 가득 채운 뒤에 그는 주머니에서 낡은 휴대폰을 꺼냈다. 그러곤 딸깍, 하는 소리를 내며 폴더폰을 펼쳤다.

폴더폰의 상판은 베젤 반, 디스플레이 반에 하판은 물리 버튼이 빼곡히 들어차 있었다. 디스플레이는 컬러도 아닌 녹색 화면이었고, 그 위에 검정색 점들이 문자의 형태를 이뤘다.

장난치듯 폴더폰을 몇 번씩 여닫던 그는 곧 질린 듯 폴더를 완전히 열고 9번 버튼을 꾹 눌렀다. 그러고는 상대가 받는 걸 기다리지 않고 타악 하는 소리와 함께 폰을 접어버렸다.

1분 후.

"부르셨습니까."

한 여자가 방 안으로 들어왔다. 들어온 여자는 방 안에 가득한 매캐한 담배 연기에 미간을 찌푸렸지만, 그 주름은 1초도 지나지 않아 사라져 버렸다.

"그래."

남자는 그러한 여자의 반응을 즐기듯 바라보며 대꾸했다.

"보고해."

아무런 수식어도 없는, 밑도 끝도 없는 명령에도 여자는 당황하지 않았다.

"'카자크의 난'은 성공적으로 진압되었습니다. 카자크가 처치당하기 전, 최후의 발악으로 가나안 계획에 대해 방송 마이크로 떠든 건에 대해서는 정보 조작과 관제가 마무리 단계에 이르러 있습니다."

여자의 보고를 귓등으로 흘려듣는 듯, 남자는 소파에서 일어나서 뚜벅뚜벅 걸어가 불쾌한 소음을 내는 낡은 냉장고의 문을 열고 아직 미지근한 맥주를 꺼냈다.

치익.

맥주 캔을 따는 소리가 신경에 거슬릴 법도 했으나, 여자는 미동 없이 계속해서 '보고'를 계속했다.

"'죽은 신들의 사회'와 '쥬디케이터'는 폐기하고 관련자들을 모두 처형, 처분, 처치하였습니다. 다른 파벌에서 볼 때 저희 파벌은 완전히 와해된 것으로 보이도록 조작했고, 이에 대해 타 파벌의 대응은 이뤄지지 않고 있습니다."

"후르릅."

맥주 캔에서 흘러나온 거품을 남자는 훑어 마셨다. 남자의 퇴폐적인 눈빛을 몸으로 받아내며, 여자는 이제까지와 다르지 않은 목소리로 보고를 속행했다.

"카자크가 관련되어 있던 인스펙터 조직도 같은 처치를 취하였으나, 처치가 완료되기 전에 달아난 한 명의 배신자가 아직 살아남아 있습니다. 1년 전, 쥬디케이터가 그 배신자의 심판에 나섰으나 실패. 배신자는 이미 다른 세력에 투항을 성공한 것으로 보입니다."

남자는 딴 맥주 캔을 손에 든 채 손목으로만 흔들어댔다. 액체가 얇은 캔 벽에 부딪히며 찰랑거리는 소리가 귀를 거슬리게 만들었지만 여자는 상관하지 않았다.

"이 혼란을 기회 삼아 주요 요직에 저희 파벌 인물들을 꽂아 넣는 데 성공했고, 교단 내 파벌 싸움은 저희의 승리로 거의 완료되었습니다. 가장 중요시한 것은 아무도 저희의 승리를 알아채지 못하게 하는 것이었고, 적어도 감시 가능한 레벨의 여론에서는 저희 파벌은 완전히 패주한 것으로 인식을 가져갈 수 있었습니다. 이로써 아무도 모르게 교단의 장악에 성공했다고 봐도 무방한 수준까지 도달했습니다."

"훌륭하군!"

남자는 맥주 캔을 여자에게 던졌다. 여자는 익숙한 듯 받았으나, 맥주가 약간 넘쳐 몸을 적시는 것까지는 막지 못했다. 아니, 사실 스킬을 사용한다면 막을 수 있었으나 그녀는 그러지 않았다. 남자는 냉장고에서 새 맥주 캔을 꺼내 여자의 손에 들린 캔과 부딪혔다.

"건배."

"거, 건배."

이제까지 아무런 동요가 없던 여자의 목소리에서 처음으로 동요가 드러나는 순간이었다. 그런 여자를 보며 남자는 히죽히죽 웃었다.

"훌륭한 처치지 않은가? 마치 내가 은퇴하기 전 시절 같군."

"가, 감사합니다."

여자는 남자의 칭찬에 익숙하지 않은 듯 목소리를 떨었다. 잘 보면 다리까지 후들거리고 있었으나, 여자는 그걸 들키지 않기 위해 무진 애를 쓰고 있었다.

"뭐, 그건 그렇다 치고."

이제까지 여자의 보고는 아무 일도 아닌 것처럼 간단히 화제를 전환한 남자는 여자에게 나지막하니 지시했다.

"파견 하나를 보내줘야겠어. 로제펠트가 좋겠군. 그놈을 보내."

여자의 목구멍으로 마른 침이 넘어가는 소리가 들렸다.

"무슨 일로, 말씀이십니까?"

"[지배의 권능] 스킬이 풀렸어."

그런 남자의 말에, 여자의 표정이 변했다.

"그게 정말……!! 아닙니다. 실례했습니다."

여자는 경악으로 흐트러진 모습을 금세 정돈했다. 여자를 노려보던 남자는 턱을 퉁기며 표정을 바꿨다.

"알면 됐어."

남자의 그런 반응에 여자는 명백한 안도의 빛을 띤 표정을 지었다. 그야 그렇다. 그녀는 방금 목숨을 건졌다. 목숨 '하나'가 아니라 '진짜' 목숨을. 그녀는 아까보다도 조심스럽고 공손한 목소리로 남자에게 물었다.

"어디로 보내면 되겠습니까?"

"변경."

남자는 나른하게 읊조렸다. 그러고는 다시 소파에 몸을 뉘었다.

대답은 금방 돌아오지 않았다. 여자가 자신의 말을 알아듣

지 못해서 안절부절못하는 걸 뒤늦게 알아챈 남자는 두 마디
를 더 내뱉었다.

"'신 가나안'으로 보내."

신 가나안. 가나안 계획이 진행되고 있는 땅. 이진혁이 발
을 딛고 있는 세계다.

"…알겠습니다."

여자는 세상에 이보다 더 급한 일이 없다는 듯 방을 뛰쳐
나갔다. 그 뒷모습을 바라보며, 남자는 크 하고 웃으며 소파에
앉았다.

이제껏 손에 들고 있던 맥주 캔을 따자 치이익, 하는 소리
와 함께 맥주 거품이 흘러나왔다.

"어쿠쿠. 스읍."

그 맥주 거품을 혀로 핥아 먹었다. 미지근한 맥주는 쓰기
만 하고 별로 향기롭지도 않았으나, 남자는 한 모금 훑어 먹
은 후 비릿하게 웃었다.

"이번엔 좀 재미있어졌으면 좋겠는데."

그럴 일은 좀처럼 일어나지 않으리란 걸 경험으로 이해하고
있으면서도, 남자는 그래도 희박한 기대를 완전히 버리지는
못했다.

* * *

우리는 아마조네안과 헤어져 북쪽 방향으로 행로를 정했다. 정글에서 나오자마자 나무에 막혀 있던 시야가 확 트였다.

초원이었다. 정글에서 얼마 떨어지지 않은 곳은 그래도 풀들이 허리까지 올라왔지만, 북쪽으로 나아갈수록 풀의 키가 작아져 무릎도 덮지 못할 정도가 되었다.

[돌발 퀘스트]
　―의뢰인: 크리스티나
　―종류: 토벌
　―난이도: 보통
　―임무 내용: 육식 얼룩말 토벌
　―보상: 한 마리당 금화 72개(+100%), 기여도 72(+100%)

퀘스트가 뜸과 동시에 두두두두, 하고 지축을 울리는 소리가 들렸다. 퀘스트에서 육식 얼룩말이라고 지칭한 개체들이 몰려오는 소리였다. 얼룩말이라는 단어에서 오는 선입견과 달리 크기가 어찌나 큰지, 나는 인도코끼리 떼가 몰려오는 줄 알았다.

히히히힝!

[간파]

—앞발 들어 차기

"또 쓰레기 같은 스킬을 얻었군."

나는 후, 하고 짧게 웃어주고는 [막고 던지기]를 사용했다. SS랭크 보너스 덕에 막고 던지기도 그냥 제자리에 메다꽂는 게 아니라, 원하는 방향으로 적을 날려줄 수 있게 되었다.

사실 말할 필요도 없지만, 인도코끼리만 한 질량을 포탄처럼 날리면 그것만으로도 훌륭한 공격 기술이 된다.

펑! 투투퉁!!

몰려오는 얼룩말 떼에게 얼룩말을 쏴주니, 마치 볼링핀처럼 얼룩말들이 넘어지는 광경이 재미있었다. 나는 방금 전에 얻은 [앞발 들어차기]를 조금의 고민도 없이 바로 해체해 버린 후, 반격가답게 다른 얼룩말의 다음 공격을 기다렸다.

[간파]
—강력한 뒷발차기

"간파했다!"

나는 다음 [막고 던지기]로 얼룩말 한 마리를 더 쐈다. 게임의 법칙을 알았으니, 이제는 얼룩말들이 어떻게 튕길지 잘 계산해서. 투투투퉁! 좋아, 아까보다 성과가 좋군.

"다음 공, 와라!!"

과연 이 얼룩말들이 즐기는 자 모드를 오픈한 나를 당해낼
수 있을까?

아니, 불가능할 것이다.

원래 불가능했지만 말이다.

*   *   *

"케찰, 아틀, 코아틀, 찰코……."

이진혁이 한창 얼룩말 볼링 게임에 열중하고 있을 때, 안젤
라는 혼자서 뭐라고 중얼중얼 거리고 있었다.

"선배, 저 부르셨어요?"

케찰코아틀로선 무시하기 힘든 중얼거림이었다. 자신의 이
름을 갖고 조각조각 잘라서 중얼거리고 있으니.

"아니, 그런 건 아니지만."

안젤라는 멀뚱히 케찰코아틀을 올려다보며 말했다. 케찰코
아틀의 인간형 모습은 안젤라보다 키가 컸다. 키만 큰 게 아
니라 덩치도 컸다. 그런 케찰코아틀에게 안젤라는 웃으면서
이렇게 말했다.

"케찰코아틀이라는 이름, 너무 길다고 생각하지 않아?"

"네? 그런가요?"

케찰코아틀은 그렇다고는 생각해 본 적도 없는 듯 고개를
갸웃거렸지만, 안젤라는 그녀의 의견은 크게 중요하게 생각하

지 않는지 그녀를 똑바로 올려다보며 당당히 대꾸했다.

"응. 그래서 네 애칭을 뭘로 정할까 고민하고 있었어."

"그, 그런 거였군요."

다른 사람이 자기 애칭을 정해준다는 상황 자체가 태어나서 처음인 케찰코아틀은 당혹에 휩싸였다. 그야 그렇다. 그녀는 신이었다. 누가 신의 애칭을 정한단 말인가? 그 누구는 바로 여기에 있었고, 그 이름은 안젤라였다.

물론 지금의 케찰코아틀은 신이 아니고, 그러니 애칭 정도야 붙을 수도 있겠지만 말이다.

"넌 어떤 게 좋다고 생각해?"

일단 물어는 본다는 식으로 질문해 오는 안젤라의 말투에, 케찰코아틀은 어떻게 대응해야 할지 잠깐 고민했다.

"제 애칭을 저한테 정하라고 하는 건… 너무 가혹한 처사 같은데요."

별명도 아니고 애칭을 스스로 정하라니. 사람이 해선 안 될 발상이다. 물론 안젤라와 케찰코아틀, 둘 다 사람이 아니지만 말이다.

"역시 그런가."

납득한 안젤라는 혼자서 끙끙대기 시작했다. 그러다 드디어 좋은 생각을 떠올렸다는 듯 눈을 반짝 뜬 그녀는 케찰코아틀에게 말했다.

"아틀 어때? 아틀에서 따와서."

케찰코아틀의 얼굴이 차갑게 굳었다. 파충류라서 원래 차갑지만, 어쨌든.

케찰코아틀의 표정 변화에 눈치를 챈 건지, 안젤라는 '괜찮은 것 같은데, 왜 그러지?' 같은 소릴 혼잣말로 중얼거리며 다시 혼자만의 고민에 빠져들었다.

그런 그녀의 뒷모습을 바라보며, 케찰코아틀은 차라리 그 애칭이란 걸 자기가 정하는 게 더 낫지 않았을까 하는 고뇌에 빠져들게 되었다.

*　　　　*　　　　*

저것들은 무슨 이야길 나누고 있는 거야? 저런 끼어들기도 애매한 화제를. 여자들의 이야기를 들으며 나는 차라리 내 청력이 좀 안 좋았으면 했다.

어쨌든 적당히 얼룩말들의 스킬을 뜯어냈으니, 이제 그만해야지.

"안젤라, 네 차례다!"

"아, 네! 선배!!"

어차피 나와 그녀는 같은 파티 개념으로 묶인지라 내가 얼룩말을 잡든 그녀가 얼룩말을 잡든 상관없이 똑같이 보상이 돌아온다. 물론 같은 퀘스트를 받았을 경우에 한해서 말이다.

그러니 나머지 얼룩말을 그녀에게 넘겨줘도 내겐 아무런 손해가 없다. 애초에 내가 반쯤 잡은 것도 스킬을 얻기 위해서였고, 그 목적을 이룬 이상 내가 직접 얼룩말을 사냥할 필요는 없는 셈이 된다.

"쓸어버려."

"알았어요! 하아압!!"

번쩍, 콰콰콰쾅!

안젤라는 광역 스킬로 얼룩말들을 한꺼번에 쓸어버렸다. [쏟아지는 벼락]이라는 스킬인데, 저 스킬은 이미 얻어낸 것인지라 굳이 [현묘한 간파]를 켤 필요는 없었다.

폭발에서 어찌어찌 살아남은 얼룩말들이 이리 뛰고 저리 뛰며 도망치기 시작했지만, 도주를 선택한 시점이 너무 늦었다. 안젤라는 빔을 뿅뿅 쏴대며 한 마리도 놓치지 않고 깨끗이 처리했다.

별로 시간이 오래 걸리지도 않았다. 내가 시간을 오래 끈 것도 어디까지나 얼룩말들의 스킬을 뜯어내기 위함이었을 뿐이니.

"생각했던 것보다 훨씬 강하네요. 안젤라 선배."

케찰코아틀이 혼자 중얼거렸다. 하긴 옆에서 자기 애칭 떠올린다고 중얼거리던 모습을 보고 그녀가 강할 거라고 생각하는 게 더 이상하긴 하지. 심정은 이해가 간다.

"저것도 전력은 아니야. 이런 데서 전력을 쏟아낼 순 없지."

아무리 인퀴지터도 쥬디케이터도 찾아오지 않는다고 해도,

이 상황이 언제 바뀔지는 알 수 없다. 그러니 언제 진짜 적들이 찾아오더라도 적절히 대응할 수 있도록 항상 여력을 남겨 둬야 했다.

"은인께서야 당연히 여력을 남겨두셨을 거라고 예상했습니다."

케찰코아틀은 초롱초롱 빛나는 눈으로 나를 바라보며 말했다. 그녀는 우리와 합류한 후부터 계속 날 은인이라 부르고 있었다. 기분 나쁜 건 아니지만 역시 좀 부담스러운 호칭이다.

안젤라와 케찰코아틀의 이야기를 엿들어서 생각하게 된 건 아니지만, 확실히 슬슬 서로를 부르는 호칭을 정리할 때가 된 것 같다.

"다 끝냈어요, 선배!"

안젤라가 칭찬을 바라는 강아지처럼 뛰어오며 내게 보고했다. 그러니 나로서도 그녀의 머리를 쓸어주며 칭찬을 해줄 수밖에 없었다.

"잘했어, 안젤라."

"네, 헤헤."

안젤라는 생글생글 웃으며 내 손길을 받아들였다.

사실 다른 사람에게 보이긴 좀 민망한 광경인지라 케찰코아틀 쪽 눈치를 보니, 그녀는 어째선지 안젤라를 부러워하는 것 같은 시선으로 바라보고 있었다.

에이, 설마. 기분 탓이겠지. 그녀도 과거 한때는 신이었는데 인간한테 개 취급을 받고 싶다거나 할 리는 없다.

…아마도. 아니, 분명히 그렇다.

"저기, 선배. 케찰코아틀의 애칭에 대해 생각해 봤는데요."

그런 와중에 안젤라는 내게 있어선 별로 편하지 않은 화제를 꺼내들었다. 케찰코아틀도 움찔, 하고 몸을 떨며 반응했다.

"케첩 어때요?"

"그건 아니다."

나는 곧장 반응했다. 케찰코아틀이 부들부들 떨고 있어서 그런 건 아니다. 내 생각에도 별로여서 대답이 바로 나온 것이다.

"차라리 케이 어때? 맨 앞 문자를 따서."

"그게 좋겠네요!"

대답은 케찰코아틀 쪽에서 나왔다. 표정과 목소리 모두 다급해 보였다. 이 이상 내버려 두면 안젤라 입에서 무슨 소리가 나올지 모르는 상황이다 보니, 이해가 안 가는 반응은 아니었다.

"케이! 그걸로 하죠! 간편하고 부르기 좋고 듣기 좋고 다 좋네요!!"

"뭐, 본인이 좋다면야……."

안젤라는 완전히 마음에 드는 건 아닌 듯 입술을 삐죽거렸지만, 그냥 납득하기로 한 듯 고개를 끄덕였다.

"그럼 케이, 나도 안제라고 불러."

"네? 아, 네. 알았어요, 안제 선배."

"선배도 빼고."

그제야 난 안젤라의 본의를 알 수 있었다. 그녀는 케찰코아틀로부터든 누구에게든 선배라는 소릴 듣기 싫었던 것이리라. 그래서 먼저 케찰코아틀의 애칭부터 떠올린 건가? 하는 의문에 대한 답으로써는 별로 적절치 않은 것 같긴 하지만.

뭐, 어쨌든. 이 타이밍을 놓쳐선 안 된다. 지금 이 기회를 놓치면 나도 케찰코아틀로부터 영원히 은인이라 불릴지도 모른다는 위기감이 엄습했다.

"나도 은인 말고 이진혁이라고 불러."

"그럴 수 없습니다. 어찌 은인의 성함을 함부로 부를 수 있겠습니까."

그러나 케찰코아틀은 곧장 고개를 저었다. 이렇게까지 단호하게 거부할 줄은 몰랐는데. 그럼 어쩌지?

"그럼 오빠라고 부를래?"

"그렇게 할까요?"

"아니, 농담이야."

이거는 또 왜 바로 받는 건데? 생각할 시간을 벌기 위해 던진 가벼운 농담이었는데. 당황한 나머지 역효과가 나고 말았다.

"그럼 미스터리 어때요?"

안젤라가 눈치 빠르게 끼어들어 그렇게 제안해 주었다. 끼어들어 준 건 고맙지만, 아무래도 안젤라는 별로 작명 센스가 뛰어나진 않은 것 같다.

"마스터리로 하죠."

안젤라의 말을 받아, 케찰코아틀이 정말 좋은 생각이라는 듯 눈을 빛내며 제안했다. 케찰코아틀 너마저!

*   *   *

결국 케찰코아틀이 날 부르는 호칭은 '마스터'로 결정되었다.

내 이름은 감히 입에 못 올리겠다고 한사코 거절을 해서, 그나마 듣기 좀 나은 호칭으로 정해 버렸다.

마스터도 듣기 좀 그렇긴 했지만, 호칭 후보 중에는 '주인님'도 있었을 정도였다. 나로서도 어느 정도의 타협을 한 게 이거였다. 뭐, 마스터라는 호칭의 뜻에는 고용주라는 뜻도 있으니 그런 거라고 대충 받아들이기로 했다.

두런두런 이야기를 나누며 초원을 걷다 보니, 필드 보스는 금방 찾아낼 수 있었다. 어디 숨을 데도 없는 이런 초원이다. 못 찾아내는 게 더 이상하지. 그것도 목표가 저렇게 큰 사자라면 말이다.

"정말 어마어마하게 크군."

나는 턱을 만지며 사자를 올려다보았다.

"이 정도면 케찰코아틀, 너보다 더 큰 거 아냐?"

"케이라 불러주십시오, 마스터."

크르렁! 우리의 대화는 사자의 포효로 인해 끊겼다. 이 포효도 스킬이었다. [군림하는 왕의 포효]. 슈퍼 레어급이군. 슈퍼 레어급을 단번에 뜯어내다니, 시작이 괜찮다.

"크르렁!"

[응보의 때]를 켜놓았던 나는 곧장 [군림하는 왕의 포효]를 거대 사자에게 되돌려 주었다. 거대 사자는 움찔하고 그 자리에 굳었다.

[응보의 때] 스킬도 SS랭크 보너스를 받아 상대가 쓴 것과 같은 위력으로 되돌려 주는 것에 그치지 않고 오히려 상대보다도 높은 랭크로 판정해서 되돌려 줄 수 있게 되었다.

그렇다 보니 거대 사자가 스턴을 먹는 건 당연하고, 사실은 그대로 나한테 끓어야 정상이었다. [군림하는 왕의 포효]의 효과는 가벼운 순서대로 스턴, 전의 상실, 굴복의 상태이상을 부여해 주니까.

그럼에도 불구하고 스턴만 먹은 건 거대 사자가 내 스킬에 저항했기 때문이 아니라, 이미 이놈이 [지배의 권능]에 의해 지배당하고 있기 때문이었다.

맞다. 이놈도 케찰코아틀과 마찬가지로 권능급 스킬인 [지배의 권능]에 의해 통제당하고 있었다. 권능급 스킬을 슈퍼 레어급 스킬로 덮어쓸 수 있을 리 없으니 전의 상실과 굴복이

걸리지 않는 것이다.

"언제까지 굳어 있을 거야?"

나는 [진리현현]으로 마력을 생명 속성으로 전환해 거대 사자를 가볍게 어루만져 주었다. 그러자 생명 속성 마력의 상태이상 무효화 효과에 의해 거대 사자의 스턴이 풀렸다.

"얼른 내 스승이 되거라."

[지배의 권능]를 풀어줄 수도 있지만, 그건 나중 이야기다. 내가 만족할 만큼 나와 싸우고 난 다음, 그러니까 내게 스킬을 충분히 보여준 뒤의 일이다.

아니나 다를까, 거대 사자는 스턴에서 풀려나자마자 내게 달려들었다.

"착한 아이구나."

나는 즐겁게 웃었다.

*   *   *

나와 거대 사자는 행복한 한때를 보냈다.

아니, 행복했던 건 나뿐인가? 뭐 그거야 어쨌든.

나는 충분히 스킬을 뜯어낸 후 거대 사자의 지배를 풀어주었다. 지배에서 풀려난 거대 사자는 어리둥절해하더니 나를 내려다보고 이렇게 말했다.

"귀인께서 이 아르슬란에게 걸려 있던 저주를 풀어주셨소?"

뭐야, 사자 주제에. 목소리가 너무 중후하고 멋있다.

"그렇다. 그대를 속박하고 있던 지배의 힘은 내가 끊어내었다. 그대는 이제 자유다."

나는 대충 사자의 말투에 맞춰 읊어주었다. 그러자 사자는 눈에서 이채를 발하더니 마치 사람처럼 그 자리에 엎드려 내게 감사를 표했다.

"이 은혜를 어찌 갚아야 할지 모르겠으나, 우선은 감사의 마음부터 전하오. 고맙소. 이 아르슬란은 악독한 자들의 술수에 걸려 원하지도 않던 학살을 반복하고 말았으나, 은인께서 그 죄의 연쇄에서 나를 풀어주셨소."

몸을 일으킨 사자, 아르슬란은 깊은 한숨을 내쉬었다.

"그러나 죄를 범한 사실이 사라지지는 않으니, 이를 어찌하면 좋단 말인가!"

아르슬란의 그런 탄식의 말은 내 귀에 들어오지도 않았다.

왜냐하면 직감이 반응했기 때문이다. 그것도 매우 강렬한 위험 신호였다. 말 그대로, 내 목숨에 관계될 정도로!

"안젤라! 숨어!!"

가장 먼저 반응한 건 역시 나였다. 안젤라는 영문을 모르겠는 듯 나를 바라보았지만, 어쨌든 내 말에는 따라 케찰코아틀을 감싸고 그 자리에서 사라져 버렸다. 그녀의 특기인 [인지의 지평선] 너머로 사라진 것이다.

"피해라, 아르슬란!"

"뭣?!"

아르슬란은 의문의 감탄사를 미처 다 토해내지도 못했다.

그 순간, 막대한 에너지의 응집체가 사자의 거대한 몸을 꿰뚫고 삼켜 버렸다.

다음 순간, 아르슬란은 그냥 없어졌다.

마치 처음부터 존재하지 않았던 것처럼.

"……!"

내가 생각하여 결론을 내리기도 전에, 직감이 먼저 내게 알려주었다.

아르슬란의 몸을 꿰뚫은 광선의 정체는 최소한 신화급의 스킬이라고.

그 거체를 집어삼켜 완전히 소멸시켰음에도 지면에는 조금 탄 자국밖에 남지 않았다. 어마어마한 위력의 스킬이 오로지 아르슬란만을 표적으로 작렬했다는 방증이었다. 굳이 직감의 도움이 없이도, 이 스킬이 신화급에 달할 위력을 지녔음은 쉬이 추측해 낼 수 있었다.

신화급의 스킬은 신성 없이는 사용할 수 없다. 나 또한 신성을 갖추기 전에는 신화급 스킬을 사용하지 못했다. 그러니 내려질 결론은 매우 명확했다.

지금 이쪽으로 날아오고 있는 적은 최소한 신성을 지닌 존재다.

어쩌면 신일지도 모르고.

아무래도 내가 가장 우려하던 일이 벌어진 것 같았다. 극복할 수 없을 정도로 전력 차가 크게 벌어지는 상대가 내 앞에 출현할 줄이야. 강적을 원하긴 했어도 이런 이빨도 안 박힐 정도의 최종 보스급을 원하지는 않았다.

젠장, 나도 그냥 안젤라랑 같이 숨을걸 그랬나.

그런 뒤늦은 후회를 마치기도 전에, 적이 내 앞에 모습을 드러냈다.

"이런, 이런. 큰일 날 뻔했네요. 괜찮으십니까?"

천사같이 생긴 금발의 소년이 내게 정말로 걱정스러운 듯 그렇게 물었다. 내가 그 물음에 대답하기도 전에, 금발의 잘생긴 소년은 안도의 미소를 띠며 내게 다정하게 말했다.

"이런 변방에 길들여지지 않은 마수가 풀려나면 어떤 참사가 일어났을지……. 그래도 사전에 그런 사태를 막을 수 있어서 참 다행입니다."

이게 무슨 개수작이지?

하마터면 실제로 이렇게 말할 뻔했다.

이 천사같이 귀엽고 아름다운 금발의 소년은 진짜 적이 아니다. 기껏해야 적에게 조종당하는 꼭두각시거나 더미, 혹은 부비트랩일 수도 있다.

왜냐하면 내 직감은 소년이 아니라 그 뒤의 존재를 향해 요란하게 경고음을 울려대고 있었기 때문이다.

눈에는 보이지 않지만 분명히 거기에 있었다. 끔찍한 악령과도 같은 존재가 지독한 악의를 풍겨대며 도사리고 있다. 마음 같아서는 [현묘한 간파]를 켜고 그 존재의 전모를 확인하고 싶지만, 나는 그 충동을 필사적으로 억누르고 있었다.

놈은 나보다 강하다. 전투 상황을 맞이하면 목숨 하나는 확실하게 내줘야 한다. 그리고 한 번 죽는다고 상황이 개선되는 것도 아닐 뿐더러, 오히려 악화시킬 뿐이다. 그 끝에는 확실한 죽음, 오직 그것만이 놓이리라.

어디서 이런 괴물이 날아왔지?

인퀴지터도, 인스펙터도, 쥬디케이터도 내게 이렇게까지 진한 죽음의 내음을 풍기지는 않았다. 인퀴지터와 처음 조우했을 때도 막막했지만, 나보다 한 차원 높은 존재와 두세 차원 이상 더 높은 존재가 주는 압박감은 말 그대로 차원이 달랐다.

그러니 어떻게든 이 소년을 상대로 시간을 끌어야 했다. 저 악령이 마각을 드러내기 전에.

그것은 언젠가 반드시 찾아올 죽음을 뒤로 미루는 것과 마찬가지인 행위였지만, 그래도 죽는 것보다는 나으니 해야 했다.

"아, 제 소개가 늦었군요. 제 이름은 키르드. 키르드 하워드라고 합니다. 편하게 키르드라고 불러주십시오."

소년은 천사와 같이 방긋 웃었다.

"나는……."

목소리가 갈라졌기에, 나는 한 번 헛기침을 해서 목소리를 가다듬어야 했다.

"나는 이진혁이다."

높임말을 쓸까 했지만, 그게 오히려 더 부자연스러울 것 같아서 나는 그냥 반말을 했다.

"이진혁 씨로군요. 반갑습니다!"

소년은 해맑게 웃으며 손을 내밀었다. 악수라도 하자는 걸까? 이 상황에서? 식은땀이 등을 축축하게 적셨고, 손도 흠뻑 젖어 있었다. 나는 바지에다 대충 손을 닦고 소년과 손을 맞잡아 흔들었다.

"그래, 키르드. 키르드라 부르라니 키르드라 부르도록 하지."

당황해서 이상한 소릴 했지만 소년은 별다른 반응을 보이진 않았다. 여전히 생글생글 웃으며 서글서글한 대답을 돌려줄 뿐이었다.

"네, 이진혁 씨!"

이 녀석은 대체 왜 이러는 걸까. 나야 시간을 끌겠다는 명확한 목적이 있지만, 이 소년의 목적은 도무지 알 수가 없었다.

"혹시 제가 도와드릴 일이 있을까요?"

이러면서 호의를 보이기까지.

"그래, 그렇군. 그럼 질문을 하나 하도록 하지."

어쨌든 대화를 이어나가서 시간을 끌어야 한다. 언 발에 오줌 누기 같은 짓거리였지만 지금의 내겐 다른 대책 같은 건 없었다.

"키르드, 너는 교단 소속인가?"

덤으로 정보를 얻을 수 있다면 더욱 좋을 것이고.

"네? 어떤 교단이요?"

그런 내 질문에, 키르드는 눈을 휘둥그레 뜨며 깜박거렸다. 그 모습은 대단히 귀여웠으나, 내게는 그 귀여움을 순수하게 즐길 만한 마음의 여유가 남아 있지 않았다.

"어떤 교단이라고 물으면 내가 할 말은 없군. 내가 아는 건 그 단체가 '교단'이라는 이름으로 불리고 있다는 것 하나뿐이다. 다른 호칭은 모른다."

나는 분명 모른다고 대답했는데, 키르드는 그 답에 뭔가 알았다는 듯 고개를 주억거렸다.

"아아, 유일 교단 말씀이신가요?"

"유일 교단?"

"이진혁 씨가 교단이라고 부르시는 그 단체 말이에요!"

틀림없다는 듯 고개를 두어 번 혼자 끄덕인 후, 키르드는 이렇게 말했다.

"먼저 대답부터 해드리는 게 맞을 것 같군요. 전 유일 교단 소속이 아니에요."

그 대답은 의외였다.

"교단 소속이 아니라고?"

"네. 정확히는 그렇죠. 왜냐하면 저희는 하청이라서요."

"하청?"

"갑을 관계로 따지자면 '정' 정도 되겠군요."

갑을병정의 정인가. 모르긴 몰라도 3차 하청 정도 되면 꽤나 삶이 팍팍할 것 같은데. 이 소년의 해맑음은 어디에서 오는 것일까. 뭐 그런 건 지금 중요한 게 아니다.

"어쨌든 교단의 편이라는 소리겠군."

"뭐, 그렇게 되겠죠?"

내 말을 들은 키르드는 입술을 삐죽이면서도 딱히 부정하지는 않았다. 갑을 관계답게 교단에 유감은 있지만 어쨌든 일거리를 받아서 해야 하는 입장이라 저러는 건지. 뭐 모르겠다.

"도움을 드리고 싶은 마음은 굴뚝같지만, 유일 교단에 뭐가 필요하시다고 말씀드려도 제가 뭘 어떻게 해드릴 순 없어요. 이미 말씀드렸다시피 저희는 그냥 하청이라서요. 발언권 따위는 존재하지 않거든요."

"그건 안타까운 일이로군."

"죄송합니다."

"아니, 사과를 받을 일은 아니지."

나는 키르드의 말에 대충 대꾸해 주면서 '악령'의 눈치를 보았다. 키르드와는 대비되는 그 강렬한 악의는 여전히 거둬지지 않은 채였다. 하긴 시간을 끈다고 어딜 갈 것 같지는 않았다. 그렇다고 모습을 드러내지도 덤벼들지도 않는다니. 저 악령은 대체 무슨 속셈이지?

"그래도 제가 도와드릴 일이 있다면 말씀해 주세요!"

오직 이 연약하고 큰 위협이 되지 않는, 귀엽고 천사 같은 소년 키르드만이 의욕적으로 내게 들이대고 있을 따름이었다.

뭘 자꾸 도와준다는 거야? 살려달라고 하면 살려줄 건가?

그렇다고 진짜로 살려달라고 빌 수도 없는 노릇이니, 나로서도 뾰쪽한 수가 없이 어색한 침묵을 견딜 수밖에 없었다.

*   *   *

귀엽고 천사 같은 소년, 키르드는 속으로 생각했다.

'이 녀석, 대체 뭐 하는 놈이지? 왜 날 공격 안 해? 내가 적인 걸 모르나?'

키르드라고 공격당하고 싶은 건 아니었다. 맞는 건 아프고, 죽는 건 무섭다. 그러나 이 또한 '로드Lord'를 위함이니. 키르드는 다 참을 수 있었다. 그보다 더 싫은 건 역할을 제대로 하지 못하는 것, 쓰임 당하지 못하는 것, 버려지는 것이었다.

'네 고귀한 희생은 반드시 보답받을 거란다.'

'로드'께서는 분명 그렇게 말씀하셨다. 그렇기에 키르드는 죽음을 각오하고 이 자리에 섰다.

키르드의 임무는 다음과 같다.

적에게 공격당해 죽는 것.

매우 심플한 임무였다. 그리고 쉬운 임무였다고도 믿었다.

그런데 정작 실전에 들어와 보니 어떤가. 적, 그러니까 이진혁은 똥이라도 마려운 듯 주변을 두리번거리고 있었고, 자신을 공격할 생각 따위는 없어 보였다.

키르드는 분명히 이진혁의 적이고, 그보다 자신이 한 수 아래임에도 불구하고.

그렇다고 일부러 이진혁을 자극해서 자신을 공격하도록 만드는 방법도 쓸 수 없다. '로드'께서 권능을 휘두르려면, 공격당하는 키르드는 어디까지나 무고한 소년이어야 했다.

그런데 키르드가 이진혁을 자극하면, 그렇게 해서 '정당방위'를 성립시키면 그는 더 이상 무고하지 않게 된다.

그러니 절대로 먼저 이진혁을 자극할 수는 없었다.

'어쩌지. 이런 경우엔 어떻게 행동해야 하는지 교육받은 적은 없는데……'

어색한 침묵이 길어지고 있었다. 이대로 가다간 임무에 실패하게 된다. 키르드의 속은 타고 있었지만, 그렇다고 별다른 뾰족한 수가 생각나는 것도 아니었다.

           *   *   *

'…저놈은 뭘 하는 거야?'

이진혁을 보며, 남자는 생각했다.

남자의 이름은 로제펠트 합트크누플. 무고한 소년, 키르드의 등 뒤에 도사린 악령의 정체였다. 실제로는 악령이 아니고, 피와 살을 지닌 살아 있는 존재지만 말이다.

로제펠트가 지금 사용하고 있는 신화급 스킬 때문에 지금은 그 누구도 그의 존재를 인지할 수 없을 터였다.

[사자의 베일(Veil of the Dead)]

−등급: 신화(Myth)

−숙련도: A랭크

−효과: 모든 살아 있는 자들은 사자의 베일 속에 감춰진 사후의 세계를 보지 못한다. 사자의 베일을 들어 올리는 순간, 생자는 사자가 되어버릴 것이니.

신성을 지닌 존재라 하더라도 아직 필멸자의 범주에 속해 있는 한, 사자의 베일 뒤를 관측할 수는 없으리라. 적어도 로제펠트는 그렇게 믿고 있었다. 그리고 그가 그런 확신을 품게 된 건 세 자릿수에 달하는 과거 사례가 근거로 존재했다.

실제로는 로제펠트가 경험하는 '첫' 예외가 눈앞에 존재했지만, 로제펠트는 아직 그 사실을 인지하지 못한 채였다.

그렇기에 로제펠트는 초조해하고 있었다.

'왜 놈은 제물을 죽이지 않고 있지?'

Chapter 5

제물.

소년 키르드는 로제펠트를 '로드'라 부르며 믿고 따르고 있지만, 로제펠트에게 있어 키르드는 이름조차 기억나지 않는 일개 제물에 불과했다.

그야 그렇다. 로제펠트는 권능 스킬을 쓸 때마다 제물을 하나씩 소모한다. 로제펠트에게 있어 제물은 소모품에 불과하다. 그러한 소모품의 이름을 어떻게 일일이 기억할 수 있겠는가?

한 달에 한 번씩 갈아 끼워야 하는 리모컨의 배터리에 이름을 붙이고 기억하는 인간이 있는가? 폐기하는 형광등의 일련

번호를 기억하는 인간이 있는가?

있을지도 모르지만, 로제펠트는 그런 특이한 인간과는 달리 평범한 인성의 소유자였다. 적어도 그 자신은 스스로를 그렇게 평가했다.

'젠장, 내가 직접 나설 수도 없고······.'

상대는 [지배의 권능] 스킬을 취소시킬 수 있는 실력자다. 아무리 로제펠트라 하더라도 쉬이 나설 수는 없었다. 가장 좋은 것은 제물을 소모해 권능 스킬로 단번에 끝내 버리는 것이고, 최소한 적의 실력이 어느 정도인지는 확인한 후에나 나서야 할 터였다.

[징벌의 권능]
 ―등급: 권능(Power)
 ―숙련도: A랭크
 ―효과: 죄를 저지른 자를 벌하라.

효과만 읽어보면 세상의 모든 죄지은 자를 벌할 수 있는 스킬 같으나, 실제로는 스킬 사용자의 눈앞에서 벌어지는 범죄만을 징벌할 수 있다는 단점이 있었다. 그 죄의 경중에 따라서 효과가 달라지기도 했고.

하지만 만약 그 대상이 무고한 소년을 살해하는 죄를 저지른다면 모든 즉사 방지나 부활 수단을 무시하고 확실하게, 반드시 적을 죽일 수 있다.

그래서 로제펠트가 무고한 소년을 제물로 쓰는 방식을 택한 것이기도 했고.

그런데 상대가 눈앞에 나타난 '만만한 적', 로제펠트에게 있어선 스킬의 트리거이자 제물을 죽이지 않고 있으니 로제펠트로선 답답할 따름이었다. 왜 저러는지 이해도 안 가고 말이다.

'어린 소년이라고 죽이지 않는 건 아닐 테지.'

권능 스킬을 취소시킬 수 있을 정도로 성장한 플레이어가 상대의 외견에 현혹당할 리 만무하다.

플레이어에게 있어 외견은 말 그대로 장식일 뿐이다. 스킬로 자신의 모습을 꾸며낼 수도 있거니와, 설령 진짜 소년이더라도 레벨과 능력치, 스킬만 받쳐주면 무시할 수 없는 실력자가 된다. 겉모습만 보고 방심하거나 동정심을 품는 건 말 그대로 애송이나 할 것이다.

물론 이진혁은 소년의 외견 때문에 이러는 게 아니라 [사자의 베일] 뒤에 숨은 로제펠트의 존재를 인지하고 이러는 것이지만, 로제펠트는 그 경우의 수는 꿈에도 생각 못 하고 있었다.

'…그냥 직접 나설까?'

그러나 순간의 기다림을 참지 못해 위험을 자초하는 것은 어리석은 짓이다. 로제펠트는 그런 말로 스스로의 마음을 다

스리며, 이진혁이 하는 행동을 계속해서 지켜보기로 했다.

*   *   *

어색한 침묵이 길어지고 있다.

이렇게 그냥 있다간 저 뒤의 악령이 더 이상 참지 못하고 내게 달려들 가능성이 있다는 생각이 퍼뜩 들었다.

…하는 수 없지. 이래 죽으나 저래 죽으나 똑같다면…….

나는 인벤토리에서 자동 연주 악보를 꺼내 들었다. 곡목은 '오늘의 고마운 한 끼'.

이미 꽤 익숙해진, 그러나 여전히 아름답게 여겨지는 선율이 흘러나왔다.

마음 같아서는 명화 '천상의 맛'도 꺼내고 싶지만, 이런 대치 상황에서 나 혼자 가상공간에 들어갔다간 악령을 자극시킬 수도 있으니 참아야겠지.

키르드는 내가 하는 양을 눈 멀뚱히 뜬 채 지켜만 보고 있었다. 어이가 없겠지. 나도 어이가 없다. 내 대뇌피질은 대체 어떻게 해서 이런 결론에 다다르게 된 걸까?

내가 한국인이라서 그런가?

"먹고 죽은 귀신이 때깔도 좋다고 하더군."

"네?"

키르드는 한국의 속담을 모르는지 눈을 깜박거릴 뿐이었

다. 하긴 모르는 게 더 자연스럽긴 하지. 어쨌든 내 발상은 그 거였다.

"뭐, 아무튼……. 먹자고."

나는 5성 요리 시식권을 사용했다. 그러자…….

[그랜드 마스터 셰프 천종석이 직접 백 년간 우려낸 '영혼을 위한 드래곤 국밥과 깍두기']

—분류: 요리

—등급: 미식(Gourmet)

—설명: 마이너하기로 유명한 한식을 범차원적 미식의 세계로 끌어올린 그랜드 마스터 셰프 천종석이 가장 훌륭한 드래곤 꼬리만을 골라내 직접 백 년간 우려낸 드래곤 탕과, 개량에 개량을 거쳐 탕에 말아먹기 가장 좋은 쌀을 엄선해 심혈을 기울여 지어낸 밥, 그리고 국밥에 가장 잘 어울리도록 새로 담근 깍두기의 마리아주. 영혼의 상처가 치유되는 맛이다.

마이너하기로 유명한 건 또 뭐야. 유명한 건지 마이너한 건지 하나만 하지?

어쨌든 어지간한 밥솥만 한 크기의 뚝배기에 담긴 뜨끈뜨끈한 드래곤 탕과 산처럼 쌓인 고봉밥 한 그릇, 그리고 깍두기 가득이 내게 주어졌다. 하필이면 한식이라니. 하핫, 사형수의 마지막 식사로써 조금도 부족함이 없는 상차림이군.

이런 걸 혼자 먹기도 좀 그래서, 나는 [오병이어]를 사용해 키르드에게도 한 그릇 나눠 주었다. 명백히 적인 이 소년에게 맛있는 걸 나눠 주는 건 분명 이상한 짓이지만, 나는 그냥 직감적으로 이래야 한다고 느꼈고 그런 직감의 명령을 거부하거나 무시하지 않았다.

"어, 이건……."

키르드는 당혹스러워하는 것처럼 보였다. 그야 그럴 만도 했다. 키르드 본인이야 이제까지 내게 우호적인 태도를 취해왔지만 실제론 그렇지 않을 테니까. 적인 내게서 그것도 먹을 것을 선물받다니. 이게 독이 아닌지 의심하는 게 먼저겠지.

게다가 드래곤 탕은 몰라도 고봉밥과 깍두기는 딱 봐도 서양인처럼 보이는 키르드에게는 익숙하지 않을 음식이리라. 정말 독처럼 보일지도 모르겠는걸.

"먹어봐, 맛있을 거야."

그럼에도 불구하고 키르드 또한 이 국밥은 맛있게 먹을 수 있을 거라고 의심치 않는다. 내가 이제껏 먹어왔던 5성 요리는 상대의 취향을 무시하고 부셔 버리니까. 물리법칙을 무시하는 스킬답게 말이다.

"…정말 먹어도 돼요?"

"그럼, 물론이지."

내가 먼저 들지 않으면 숟가락도 들지 않은 것 같은 키르드의 모습에, 나는 사양하지 않고 먼저 밥을 퍼 탕에 말았다. 굳이 이게 독이 아니라는 걸 알려주기 위해서는 아니다. 그냥 내가 먹고 싶어서였다.

뜨끈뜨끈한 국밥의 열기에 벌써부터 이마에 땀이 송골송골 맺힌다. 아직 먹지도 않았는데 말이다.

탕에 잘 말아진 밥 한 숟가락을 퍼서, 입안에 넣는다.

"…흐읍."

뜨끈한 국밥의 맛이 뼛속까지 데우는 것 같다. 한국에 있을 때 맛봤던 소꼬리 국밥과 비슷하지만 그 본질은 완전히 달랐다. 그야 그렇다. 재료가 무려 드래곤 꼬리인걸. 이 국물의 깊은 맛은 필설로 형용하기 어려우나, 굳이 비유하자면 맛있는 불을 삼키는 느낌이다.

다시 한 입 맛보기 위해 뚝배기 안에 숟가락을 넣자, 단단한 것이 걸렸다. 그것은 드래곤의 꼬리 고기로 만든 편육이었다.

나는 군침을 꿀꺽 삼켰다.

나도 튜토리얼 세계에 있을 때 블랙 드래곤을 잡아다 먹으려고 한 적이 있었다. 그 결과는 완전 꽝이었다. 드래곤 고기는 먹을 게 못 됐다. 쓰고 떫고 비리고 독까지 있었으니. 구워도 삶아도 쪄도 그 독특한 악취와 독은 빠질 줄을 몰랐다.

그러나 그것은 단지 내 요리 실력이 부족했기 때문이었음을 오늘 통감한다.

드래곤 고기 특유의 향취는 남아 있다. 그러나 그것은 더 이상 악취라 부를 만한 것이 아니었다. 괜히 향취라 말을 바꾼 것이 아니다. 식욕을 자극하는 향기로움이 코를 자극했다.

독기도 남아 혀끝이 아릿했는데, 이것조차 재미있는 식감으로 돌변해 있었다. 지구에서 복어가 고급 요리로 취급받는 것과 같은 이유이려나.

젓가락을 들어 깍두기 하나를 집어 입안에 넣는다. 아삭아삭. 차가운 깍두기의 식감이 한껏 달아올랐던 입안을 식혀주며 어디서도 맛보지 못했던 독특한 풍미가 코끝을 얼얼하게 했다. 최고급 브랜디와 같은 강렬한 목 넘김이 실로 인상적이다.

이럴 수가, 국밥과 깍두기의 마리아주라고 표현한 것은 단순한 비유가 아니라 실제로 그러한 것이었다! 나는 서둘러 숟가락을 들어 깍두기 국물을 맛보았는데 과연, 이것은 천하의 미주(美酒)가 따로 없었다.

굉장히 만족해하며, 나는 다시 숟가락을 들어 올려 국밥을 한 수저 떴다. 그 숟가락에 아직 깍두기 국물이 묻어 있음도 모른 채.

"……!"

또다시 새로운 맛이다. 깍두기 국물의 풍미와 드래곤 국밥의 향취가 섞여 자칫 잘못하면 잡스러워질 수도 있었건만, 그랜드 마스터 셰프는 이러한 상황마저 예견한 것인지 완전히 새로운 미각의 오케스트라를 혀끝에서 연주해 내고 있었다.

미미(美味).

이것은 아름다운 맛이다.

내가 만든 것도 아님에도, 누군가에게 자랑하고 싶은 마음이 애달프게 들어 나는 키르드 쪽을 바라보았다. 그러나 키르드의 표정을 본 순간, 나는 그 마음이 씻은 듯이 사라졌다.

뜨거운 국밥만큼이나 뜨거운 눈물을 흘리며 숟가락을 멈출 줄 모르는 그 모습은 나로 하여금 그 어느 말도 필요치 않음을 깨닫게 해주었으니까.

나는 다시 뚝배기에 얼굴을 처박았다.

먹는다.

지금 이 시간, 이 자리에 필요한 행위란 오직 그것뿐이었다.

*   *   *

'독살인가.'

이진혁에게서 드래곤 국밥을 받아 든 키르드는 생각했다.

'너무 아픈 독이 아니었으면 좋겠는데.'

어차피 키르드의 임무는 무고하게 죽는 것. 독을 먹는 걸 망설여야 할 이유는 없었다.

이진혁이 먼저 한 숟가락 크게 뜨는 걸 본 키르드는 자신이 더 이상 망설여서는 안 된다는 것을 곧 눈치챘다.

사실을 말하자면 별로 망설이고 싶지도 않았다. 이 요리가 독이 든 요리든 어떻든 풍기는 냄새는 너무나도 먹음직스러웠다. 게다가 그는 거의 항상 배가 고팠다.

키르드에게 지급되는 식량은 맛이 없었고, 생존을 위해 필수 불가결한 정도밖에 주어지지 않았다. '로드'는 그가 되도록 성장하질 바라지 않았기 때문에 취해진 조처였다. 죽어서 쓰임을 다하기 전까지, 그는 소년인 상태여야 했으므로.

더욱이 아까 이진혁이 튼 음악은 어떤 원리에선지 사람의 식욕을 자극하는 효과가 있는 것 같았다. 그래서 키르드는 더 이상 망설일 수 없게 되었다.

키르드는 이진혁을 따라 밥을 한 수저 크게 퍼, 탕에 말아 먹었다.

"……!"

눈이 확 떠지는 맛이었다.

아니, 사실 키르드가 '맛있는 것'을 먹는 건 이번이 태어나서 처음이었다. 그는 '맛있다'라는 개념이 어떠한 것인지 잘 몰랐다. 그에게 있어 먹을 수 있는 것은 다 맛있는 것이었으니까.

그러나 이 국밥은 그가 이제껏 먹어왔던 식량을 모두 '맛없는 것'으로 정의하도록 그의 개념을 뒤집어놓았다.

그러한 개념의 혼란을 내버려 둔 채, 키르드는 정신없이 국밥을 비워내기 시작했다. 그러는 도중, 언제부턴가 그의 눈에서는 뜨거운 눈물이 흘러나오고 있었다.

죽는 것이 당연한 존재. 제물로써 소모되는 것이 당연한 존재. 요리를 맛보기 전까지 키르드는 스스로를 그렇게 재단하고 있었다.

그런 생각을 품는 것이 인간으로서, 생물로서 당연할 리 없다. 누구나 아픈 것은 싫고, 죽는 것을 싫어한다. 그것은 유전자 레벨에 기록된 본능이다.

그럼에도 불구하고 키르드가 그렇게 스스로를 재단하고 있었던 것은 로제펠트로부터 그렇게 세뇌되었기 때문이다.

교육의 힘은 실로 위대하고, 때로는 잔혹하리니. 하물며 고문에 가까운 학대가 더해지면 생물로서의 본능조차도 뒤집어버릴 수 있다는 실례가 바로 키르드였다.

그런데 그렇게 로제펠트로 인해 상처받고 망가져 있었던 키르드의 영혼이 요리의 효과에 의해 치유받았다. 그럼으로써 키르드는 사람의 본성을 되찾았다.

스스로가 아픈 줄도 몰랐던 소년은 태어나서 처음으로 고통 없이 편안한 상태를 맛보았다. 배부르다는 느낌도 몰랐던 소년은 태어나서 처음으로 포만감을 맛보았다.

괴로운 삶을 한시라도 빨리 끝냈으면 했던 마음이 스르르 풀어져 국밥에 의해 녹아버렸다.

맛있는 것을 맛본다는 삶의 궁극적인 기쁨 중 하나를 알게 된 소년은 이제 더 이상 스스로의 죽음을 바라지 않게 되었다.

그럼에도 불구하고, 키르드는 생각하기 전에 먼저 몸을 움직여 버리고 말았다.

그 행동이 그 자신을 죽음으로 몰아넣을 것을 잘 알면서도.

                    *   *   *

무슨 일이 일어난 건지 모르겠다. 아니, 정확히는 왜 이렇게 된 건지 모르겠다.

내가 막 드래곤 국밥을 비워낼 때쯤 해서 키르드의 등 뒤에 있던 악령의 살의가 점점 커지더니 다 먹자마자 그것이 실제적인 공격 의사로 바뀌었다.

직감으로 그걸 감지한 나는 승산이 없음을 알고 있음에도 최후의 일전을 치르기 위해 각오를 다지고 있었다. 상대의 방심을 유도하기 위해 전혀 눈치채지 못한 척을 하면서.

악령의 벼락과도 같은 스킬이 날아든 것은 그다음 순간이었다.

[간파]
―궁니르의 번뜩임.

무려 신화급 스킬인 [궁니르의 번뜩임]이다. 반격가의 스킬로 받아치는 건 무리일 터. 나는 곧장 돌아서면서 그 공격에 대응하려고 했다. 그런데……

지금 내 앞에는 키르드가 쓰러져 있었다.

원인은 간단했다. [궁니르의 번뜩임]을 맞은 탓이다.

나를 감싸고.

"…어째서?"

나는 키르드의 움직임을 전혀 눈치채지 못했다. 내 직감은 모조리 악령을 대상으로 곤두선 상태였고, 키르드의 움직임에는 적의가 전혀 없었기 때문이다.

키르드는 나의 적이 아니었던가? 악령과 같은 편이 아니었던가?

그런데 어째서 악령의 공격으로부터 날 지킨 거지? 왜 그 공격 앞에 몸을 던져 나 대신 받아내어 준 거지?

그 의문을 풀 방법은 없어 보였다. 왜냐하면 악령의 공격을 받아낸 키르드의 상반신은 완전히 소멸되어 있었기 때문이다.

확인할 필요도 없이 명백한 즉사였다.

"멍청한 제물이!"

모습을 드러낸 악령이 씹어뱉듯 외쳤다. 악령의 이름은 로제펠트. [간파]의 시전자 표시 덕에 알게 되었다. 그보다… 제물?

"내게 오는 공격을 대신 맞고 죽으라고 가르쳐 준 스킬로 왜 적을 감싸는 거냐! 네놈이 정녕 미치고 만 것이냐!?"

분노로 인해 길길이 날뛰는 로제펠트의 기세는 두려울 따름이었으나, 그와 동시에 나는 충격을 받았다. 방금 전에 그의 입에서 나온 제물이라는 단어로, 상황이 어떻게 된 건지 대충이나마 추측할 수 있게 된 탓이었다.

키르드의 임무는 본래 제물로써 죽는 것이었다.

그것도 정황상 매우 높은 확률로 내게 살해당하는 것이 그에게 부여된 임무였을 것이다.

왜 그래야 하는지는 나도 모른다. 뭐 이유가 있겠지.

하지만 상황이 어떻게 되어서 키르드가 임무를 포기하고 대신 날 감싸고 죽었는지는 여전히 감도 안 잡힌다.

상반신이 소멸될 정도로 대단한 공격인데, 내게 피해가 미치지 않았던 이유는 알 수 있게 되었다. 그것은 키르드가 스킬을 쓴 결과였다.

나를 지키기 위해.

심장 한구석이 찌릿찌릿 쑤신다.

몇 분 전만 해도 이름도 몰랐던 소년이다. 그것도 적으로 만난 소년이다. 그 소년이 나를 감싸고 죽었다. 원래대로라면 내 손에 죽기 위해 나타난 것이었음에도 불구하고.

이런 이상하고 어이없는 상황이 또 있을까?

"이 자식! 이 새끼! 은혜도 모르는 놈!"

아직 분이 덜 풀린 듯 키르드의 남은 하반신을 구둣발로 지근지근 밟아대던 로제펠트는 씩씩거리더니, 살의 가득한 시선으로 나를 노려보았다.

이상하다.

직감은 내게 도망치라고 이토록 소릴 지르고 있건만.

나는 더 이상 악령, 로제펠트가 두렵지 않았다.

안구 안쪽이 뜨거웠다.

눈물이 나올 것 같았지만, 실제론 눈물이 흘러나오지 않았다.

나는 튜토리얼 세계에서 낙오된 후, 처음으로 직감의 명령을 거부했다. 굳이 직감의 명령이 아니라 그냥 잘 생각해 봐도 이 상황에선 도망치는 게 맞았다.

그러나 나는 도망치는 대신 오히려 로제펠트를 향해 한 걸음을 내딛었다.

죽을 땐 죽더라도, 저놈 아구창을 날려주고 죽어야겠다.

왜 그렇게 생각한 건지는 모르겠지만, 일단 한번 마음을 먹은 이상 이를 철회하고 싶지는 않았다.

저벅, 저벅.

나는 두 걸음을 걸었다. 로제펠트를 향해. 가까이 가야 패줄 수 있으니, 당연한 선택이었다.

그러나 동시에 별로 안 좋은 선택이기도 했다. 강렬한 죽음의 예감이 먼저 날아왔다. 눈을 부릅떴다. 스킬을 활성화시키는 데는 그것으로 족했다.

[현묘한 간파]

─궁니르의 번뜩임

회피할 수 있었던 것은 운에 가까웠다. 로제펠트의 스킬, [궁니르의 번뜩임]은 그 스킬명 그대로 빛의 속도였으니까. [현묘한 간파]로 로제펠트가 스킬을 장전하는 것을 보고 [후의 선]으로 스킬 발사를 예지하지 못했더라면 정말로 피하지 못했을 것이다.

그러나 그 회피는 완전하지 못했다. 그야 그렇다.

[궁니르의 번뜩임]

─등급: 신화(Myth)

─숙련도: A랭크

─효과: 이 공격은 반드시 명중한다.

[궁니르의 번뜩임]은 기본적으로 반드시 명중하는 공격이니까.

평.

왼팔이 어깻죽지부터 잘려 나갔다.

"…읍!"

끔찍한 고통이 내달렸지만, 나는 이를 꽉 물어 비명을 삼켰다.

치명상을 피하는 대신 왼팔을 내주는 판단은 나쁘지 않았다. 왜냐하면 내겐 아직 오른팔이 남았으니까.

"하! 하하하!!"

로제펠트가 웃어댔다.

"제물을 쓸 것도 없었군! 약해 빠진 것!!"

내가 [궁니르의 번뜩임]에 의해 피해를 입은 것을 보고, 로제펠트는 내 실력을 가늠한 모양이었다. 그리고 놈의 판단은 그리 틀리지 않았다. [응보의 때]를 미리 켜두었지만 신화급 스킬을 받아칠 순 없었다. 그야 그럴 것이다. 대가(大家)가 신(神)을 이길 순 없다.

역시 상황은 절망적이다. 뒤집을 구석 따윈 보이지 않았다. 여기서 죽음을 맞이하는 게 내 정해진 운명이리라.

저벅.

그럼에도 불구하고 나는 로제펠트를 향해 한 걸음을 더 걸었다. 비웃음과 함께 내 행동을 지켜보던 로제펠트는 웃음을 거두었다. 그것은 놈이 나를 인정했기 때문은 아니었다.

"팔다리를 하나씩 떼어주지."

그것은 그저 가학성의 발현일 뿐이었다. 다음 [궁니르의 번뜩임]이 장전되었다.

아무리 다른 신화급 스킬에 비해 다소간 위력이 약하다 한들 신화급 스킬을 이토록 연사할 수 있다니, 로제펠트가 얼마나 강력한 실력자인지 입증된 셈이다.

[현묘한 간파]
 —궁니르의 번뜩임

펑.

"크읍!"

로제펠트의 예언대로, 내 오른팔이 날아갔다. 가지고 있는 모든 수단을 다 썼지만 오른팔을 내주는 것이 최선이었다. 이로써 양팔이 다 없어졌다.

이래서야 저놈의 아구창을 날려줄 수가 없잖아.

"하핫."

고통의 비명을 삼키자, 그 대신 헛웃음이 새어나왔다.

"웃어?"

로제펠트의 목소리에 분노가 실렸다.

"이번에는 머리통을 날려주지."

"머리통을 날리면 안 돼."

나는 로제펠트의 말에 그렇게 맞받아쳐 주었다.

"널 주먹으로 패줄 생각이었는데, 팔이 다 날아가서 말이야. 그래서 이 머리통으로 널 들이받을 생각이거든."

로제펠트의 표정에 서늘한 분노가 서렸다.

"…쓰레기가."

알게 된 사실. [궁니르의 번뜩임]은 재사용 시간이 매우 짧지만, 없는 것은 아니다.

그리고 내겐 아직 [에이스의 곡예비행]이 남아 있었다. 충분히 랭크를 올린 [에이스의 곡예비행]이 말이다.

내게 허용된 시간은 1초 미만이었다. 어쩌면 0.1초 미만이었을지도 모른다. 초시계를 들고 잰 것도 아니니 정확히는 모른다.

빠악!

그러나 그 시간은 땅을 박차고 날아가 로제펠트를 들이받기에 충분한 시간이었다.

"끄읍……!"

로제펠트는 내 박치기를 받아내며 이를 꽉 깨물었다.

쳇, 역시 안 통하는군.

"히."

그래도 한 방 먹였다는 생각에, 나는 짧게 웃었다.

번쩍.

그렇다고 그 일격이 내 승리를 가리키는 것은 아니었다. 박치기 한 방으로 [궁니르의 번뜩임]을 취소시키는 것은 불가능했으니까.

펑.

시야가 날아가 버렸다. 소리도 들리지 않는다. 그저 삐—, 하는 불쾌한 소리만이 귓가에 맴돌았다.

그러나 그것도 길지는 않았다.

[진리명경]

―[대마불사]

[궁니르의 번뜩임]은 단 한 방만으로 나를 죽이기에 넘치는 위력을 갖고 있었지만, 나도 즉사에 대항하는 수단을 갖고 있었다.

아니, 오히려 이걸 노렸다. 최대한 접근한 후의 대마불사 발동.

생명력이 가득 차오름과 동시에, 잃어버렸던 목과 시야를 되찾자마자 보인 건 로제펠트였다.

"감히 내 잘생긴 얼굴에 코피를 터뜨려?"

로제펠트는 여전히 분이 덜 풀려 씩씩대고 있었다.

그 혼잣말과 마찬가지로, 로제펠트의 잘 조형된 얼굴의 중심을 잡아주고 있던 높은 콧대가 작살나 완전히 엉망진창이 되어 있었다.

"몇 번을 부활해도 마찬가지다, 멍청아!!"

번쩍!

퍼어억!!

"끄으읍!!"

로제펠트가 전력으로 쏘아낸 [궁니르의 번뜩임]의 위력은 충분히 대단했으나, 이번에는 날 단번에 죽이지 못했다. [대마불사로 인해 생명력을 완전히 회복한 덕이다. 내 생명력 총량이 좀 대단하긴 하지.

그러나 단 한 발만으로 생명력이 위험 수위까지 떨어져 내렸고, 실제로도 피해를 입고 심장을 꿰뚫렸다. 심장이 뛸 때마다 피가 울컥울컥 뿜어져 나왔다. 그나마 마력을 생명력으로 전환해 버티고는 있지만, 현상 유지가 고작이다.

"뭣?!"

이번에는 로제펠트도 조금 놀란 듯 뒤로 물러섰다. 그게 내게 유리한 반응은 아니었다. 거리가 더 벌어졌다는 건, 놈에게 반격하기 더 어려워졌다는 뜻이니까.

[대마불사는 재사용 대기 시간에 걸려 있었으므로, 다음 일격을 맞으면 난 죽어버리고 말 것이다. 과연 직감이 경고한 바와 같이, 내가 상대하기 어려운 적이다.

그래도 싸우기로 한 이상 여기서 뺄 순 없지. 전력을 다한다.

[삼위일신]
―[제1의 분신]

나는 삼위일신을 사용해 분신 둘을 꺼냈다. 그리고 세 분신 모두 동시에 벨트를 만졌다.

[반격의 봉화: 확장판]

그러자 갑옷이 나타나 내 몸을 감쌌다. 피가 계속해서 흘러나오는 심장의 상처를 막아주는 붕대의 역할도 임시로 해주었다.

"흥! 분신 따위 꺼내봐야 아무 소용 없다! 죽어라!!"

로제펠트가 노호성을 토하며 손가락을 내밀었다.

[궁니르의 번뜩임]

그러자 궁니르의 번뜩임이 세 갈래로 갈라져, 나와 분신들 모두를 노리는 것 아닌가?

젠장, 1:1 스킬인 줄 알고 분신을 질러본 거였는데 이대로 가다간 몰살이다! 나는 급히 [제1의 분신]을 취소했다.

"끄어억!!"

[삼위일신]

―[제2의 분신]

다행히 타이밍이 맞아, 나는 죽고 대신 분신이 두 개 생성되었다. 이제 15초만 버티면 부활할 수 있다. 그리고 매우 짧긴 하지만 [궁니르의 번뜩임]은 쿨타임에 걸려 있다. 내 턴이다!

[에이스의 곡예비행]

[반격의 봉화: 확장판]에 추가된 [추진] 옵션을 십분 활용해, 나는 분신 하나는 로제펠트를 향해 보내고 다른 하나는 후퇴를 택했다. [궁니르의 번뜩임]이 여러 타깃을 동시에 노릴 수 있다는 걸 알게 된 이상, 갈라져 달아나는 건 죽여달라고 애원하는 거나 다름없으니까.

이미 박치기에 한 번 당한 탓일까, 로제펠트는 방어 태세를 취하고 있었다.

타이밍이 나왔다. 지른다!

[위장 자폭]
―등급: 매우 희귀(Super Rare)
―숙련도: S랭크
―효과: 시전자를 중심으로 폭발을 일으킨다. 스킬 사용 후 시전자는 상급 투명화 상태가 된다.

그리고 두 분신은 동시에 같은 스킬을 택했다.

[위장 자폭]. 쥬디케이터들이 쓰던 스킬이다. 사실은 융합시키려고 랭크만 올려뒀던 스킬이지만, S랭크까지 올리다 보니 하급 투명화가 상급 투명화로 올랐다. 들킬 위험도 줄고 투명

화 중 취할 수 있는 행동에도 제한이 많이 풀렸다.

쾅!

두 번의 폭발이 연이어 일어났다.

* * *

"크, 어린애 장난 같은!"

로제펠트의 목소리가 들렸다. 폭발의 위력은 꽤 강력했으며 범위도 넓었으나, 예상대로 별로 피해를 입은 것 같지는 않았다.

상관없다. 고작 슈퍼 레어 스킬로 로제펠트에게 제대로 된 피해를 줄 수 있을 거라는 기대는 처음부터 품지 않았다. 더욱이 내가 원한 건 부가 효과인 상급 투명화 쪽이었다.

"어디냐!"

폭발의 영향과 투명화 덕에, 로제펠트는 순간적으로 내 위치를 놓쳤다. 이 움직임으로 인해 [궁니르의 번뜩임]의 쿨은 돌았을 것이나, 공격 기회를 앗아가고 오히려 내가 턴을 끌어다 쓸 수 있게 된 거다.

그래 봐야 1초 정도였으나, 1초면 충분하다.

[뇌신의 징벌]

권능 스킬의 사용 조건이 만족되지 않은 지금, 내게 있어 가장 강력한 스킬을 고르라면 역시 신화급 스킬인 뇌신의 징벌이다. 사용에 1초 미만의 준비 시간이 필요하지만, 그 준비 시간은 투명화로 확보했다.

"거기구나!"

그렇게 외친 것은 로제펠트 쪽이었다. 젠장, 역시 꽤 직감이 높은 모양이었다. 발동이 느린 [기아스]를 썼다간 분명 회피당했을 터. 그러나 나는 옳은 선택을 했다. 놈은 내게 손가락을 내밀었으나 이미 늦었다! [뇌신의 징벌]은 이미 쏘아졌다!!

죽어라, 로제펠트!

빠지직!

번쩍!

"이럴, 수가."

절망에 가득 찬 목소리가 흘러나왔다. 내 입에서 말이다.

로제펠트는 [뇌신의 징벌]을 맞고도 거의 경직되지 않은 건지, 곧바로 내게 [궁니르의 번뜩임]으로 반격해 왔다.

그리고 그걸 맞은 난 죽었다.

정확히는 두 분신 중 하나가.

살아남은 분신, 그러니까 지금의 나는 숨죽인 채 로제펠트를 노려보고 있었다. [뇌신의 징벌] 두 발째가 곧 떨어져 내릴 터였다. 첫 발은 무슨 수를 써서 견뎠는지 모르지만, 두 발째는 그렇게 안 될 거다!

파르릉!!

"끄아아압!"

번쩍거리는 뇌광 속에서, 로제펠트의 비명 소리가 들려왔다. 그걸 들은 난 너무 놀라서 그 자리에 굳어버리고 말았다.

지금까지 [뇌신의 징벌]을 맞은 상대는 모두 비명도 못 지르고 갔다. 시체도 못 남기고 그 자리에서 소멸했다. 그런데 비명 소리가 들려왔다는 말은……

"살아남았군……"

로제펠트는 살아 있었다. 비록 왼팔 전체가 까맣게 타들어가고 있었지만, 분명히 살아남았다. 그리고 내 위치를 특정한 듯, 그의 날카로운 시선은 내게 정확히 초점이 맞춰져 있었다.

"직감대로, 였어."

역시 못 이기나. 나는 초연한 감정에 사로잡혔다. 로제펠트가 내게 손가락을 내미는 것이 보였다. [궁니르의 번뜩임]을 쏘려고 하는군. 살아남을 방법은 없어보였다.

아니, 잠깐. 절망하긴 이르다.

방금 전에 이미 [궁니르의 번뜩임]을 한 번 쐈으니 재사용 대기 시간일 터. 저 손가락 짓은 허세다. 한 번의 기회는 내게 남아 있다!

[에이스의 곡예비행]

"하핫."

뭐, 기회라고 해도 살아남을 기회는 아니지만 말이다.

[삼위일신] ―[제1의 분신]에 부가된 분신의 [자폭] 능력은 설령 그 분신이 [제2의 분신]으로 나타난 분신이더라도 아직 분신 상태인 이상 활용이 가능하다.

비록 생명력은 심장에 구멍이 뚫린 상태라지만, 마력과 체력은 아직 많이 남았고 이게 전부 자폭 위력에 더해진다. 그렇더라도 이걸로 로제펠트를 죽일 수 있을 거라곤 생각하기 힘들지만…….

"엿이라도 먹으라지!!"

에이스의 곡예비행으로 최대한 로제펠트에게 접근한 나는 망설임 없이 터뜨렸다.

[자폭]

박치기를 경계해 방어 태세를 갖췄던 로제펠트의 동공이 확대되는 것이 보였다. 그를 보며, 나는 통쾌히 외쳤다.

"불꽃놀이다!"

쾅!!

*　　　　*　　　　*

시야가 까매졌다가, 다시 새하얗게 물들었다.

그리고 노인의 목소리가 들렸다.

"고작 1년 만에 다시 방문해 주시다니 고객님. 고객님께서는 꽤나 위험스러운 인생을 만끽하고 계신 것 같군요."

여기는 카르마 마켓이었다.

그렇다. 난 아직 완전히 죽은 게 아니다. 내겐 [1UP 코인]이 하나 남아 있었으니까. 아무래도 신화급 스킬도 코인을 통한 부활까지 씹어먹지는 못하는지, 나는 한 번 죽은 후 정상적으로 카르마 마켓에서 부활할 수 있었다.

하긴 [뇌신의 징벌]로 죽인 적들은 전부 네거티브 카르마를 잔뜩 쌓아놓은 악당들이었다. [1UP 코인]을 살 포지티브 카르마를 가지고 있을 리 없었다.

하지만 이 정보는 앞으로 유용하게⋯⋯. 쓸 수 있을까?

일단 살아남아야 써먹든 말든 할 텐데.

"일단 술부터 좀 줘요."

나는 무거운 마음에 노인에게 [만전의 술]을 요청했다.

"그러지요."

노인은 내 퉁명스러운 말투에도 별로 기분이 상하지도 않은 듯 빙긋 웃으며 내게 술병을 내밀었다.

[만전의 술]. 생명력과 체력을 완전히 채워준다.

그러나 내가 이 술을 마시는 건 생명력 회복을 위해서가 아니었다.

"크!"

이제 부활하면 나는 완전한 죽음을 맞이하게 될 터였다. 그 것도 다른 놈도 아닌 로제펠트 놈에게 살해당해서. 이 이상 기분 나쁜 운명이 또 있을까?

있을지도 모르지. 하지만 지금 당장 내게 있어선 최악의 운 명이었다.

그렇다고 그냥 죽진 않을 것이다. 지난번, 그러니까 카자크 와의 대전 때 얻은 교훈으로 나는 [귀환의 돌]의 귀환 장소를 다른 곳으로 지정해 두었다. 안젤라와 함께 머물렀던 정글의 한구석. 거기라면 아무도 휘말리지 않을 테고, 마음만 먹으면 숨어들 수도 있을 터였다.

나는 이미 [귀환의 돌]을 사용할 마음을 굳힌 상태였다. 그 래야 [뇌신의 징벌] 재사용 대기 시간을 초기화시켜 다시 한번 놈의 이마에 벼락을 꽂아줄 수 있을 테니까. 쿨타임을 벌어야 하는 건 [삼위일신]도 마찬가지다.

아예 놈에게 피해를 주는 데만 집중한다면, 어쩌면 동귀어 진이 가능할지도 모른다.

"……."

아니, 왜 난 죽을 생각을 하고 있지? 살 생각을 먼저 해야 지.

스스로의 마음에 의구심을 가지는 것과 별개로, 심장이 드 글드글 달아올랐다. 어디서 이런 분노가 촉발됐는지, 나도 모르겠다.

나는 억지로 그 분노를 외면한 채, 나는 다시 한번 [만전의 술]을 마셨다.

"후……."

뜨거운 술기운이 위장을 달구었다. 그리고 나는 받아들였다.

그래, 어차피 살아남는 건 무리다. 아무리 나 자신의 생존을 우선시한다고 해도, 로제펠트를 완전히 따돌리고 도망치는 경우의 수는 생각하지 않는 편이 좋을 것 같았다.

그 정도의 고수다. 교단의 지원도 받고 있고. 날 찾아내려면 얼마든지 찾아낼 수 있겠지.

벌벌 떨면서 숨어 다니다가 뒤통수를 맞느니, 내가 먼저 숨어 있다가 내가 원하는 타이밍에 놈을 덮쳐 동귀어진이라도 노리는 게 이득이다.

목숨이라도 버려서 죽여 버리겠다!!

나는 갑작스럽게 치밀어 오른 살심을 가라앉히기 위해 만전의 술을 세 모금째 들이켜려고 술병을 들었다.

그때, 노인이 나지막한 목소리로 내게 이렇게 알렸다.

"고객님, 고객님께서 기다리시던 새 상품이 드디어 입하되었습니다."

나는 순간적으로 술병을 들어 올리던 손을 멈췄다. 그 말에 눈이 번쩍 뜨인 건 틀림없었으나, 그것도 잠시 동안뿐이었다.

"어차피 전투에는 큰 도움이 되지 않는 물건일 테죠?"

카르마 마켓의 물건들은 이름을 바꾼다거나, 종족을 바꾼다거나, 뭐 그런 물건들뿐이었다. 그나마 도움이 되는 건 [1UP 코인] 정도인가. 어쨌든 큰 기대는 할 수 없었다.

"뭐, 그렇긴 하지요."

아니나 다를까, 노인은 내 말을 딱히 부정하지는 않았다.

"일단 재고가 다 떨어졌던 [1UP 코인]이 재입고되었습니다."

"다 줘요."

나는 더 생각도 안 하고 바로 대꾸했다. 입고됐다고 해봐야 세 개겠지. 생각할 것도 없었다. 그러나 노인은 인자하게 웃으면서 고개를 저었다.

"제 설명을 다 들으시고 결정하셔도 늦지 않습니다."

하기야, 이 노인에게 화풀이를 하는 것도 유치한 짓이다. 나는 고개를 끄덕여 이어질 설명을 재촉했다.

"새로 입고된 상품으로써, [백년백련의 씨앗]을 소개해 드리겠습니다."

노인은 작은 씨앗 하나를 테이블 위에 올려놓았다.

"효과는 심플합니다. 사용하면 죽은 자를 되살릴 수 있습니다."

부활? 그건 [1UP 코인]으로도 가능한 일이다. 그것만이라면 씨앗을 따로 팔 필요가 없을 터였다. 그렇다면…….

"눈치채셨군요. 그렇습니다. 이 씨앗은 죽은 타인을 되살릴수 있습니다. 오히려 본인에게는 못 쓰죠. '사용'해야 부활시킬수 있으니까요."

과연 이걸 어디다 쓸 데가 있을까? 당장 내가 죽을 판인데.

"고민에 빠지셨군요. 누구 되살릴 분이라도 계십니까?"

내가 고민에 빠졌다고? 노인의 지적을 받고서야, 나는 내가무슨 생각을 하고 있었는지 비로소 자각했다.

키르드를 되살리면, 그 녀석에게서 답을 들을 수 있다. 왜갑자기 내 앞을 가로막고 로제펠트의 공격을 대신 받아주었는가, 란 질문의 답을.

"하지만 주의하셔야 합니다. 되살릴 대상에도 제한이 있으니까요. 일단 시체가 있어야 하고, 그 시체는 아직 장례 절차를 밟지 않았어야 하며, 죽은 지 사흘이 지나서는 안 됩니다."

노인의 이어진 설명에 나는 나도 모르게 고개를 끄덕였다.그 끄덕임의 이유는 명확했다. 키르드를 되살릴 수 있다고 생각했기에 끄덕인 것이다.

"…얼마죠?"

"일만 명의 목숨값입니다."

포지티브 카르마 1,000점.

[1UP 코인]의 열 배에 달하는 가격이다.

"저 하나 되살리는 것보다 비싸네요."

"자신의 것을 되찾는 것보다 타인의 것을 사 오는 것이 더 비싼 법이죠."

노인의 궤변에 잠깐 속아 넘어갈 뻔했다. 아니, 그래도 너무 비싸다. 게다가 사봤자 사용하지도 못하고 다시 죽을 가능성이 너무나도 높았다.

"다른 건 또 없나요?"

나는 별 기대를 갖지 않은 채 노인에게 물었다. 카르마 마켓에 이 절망적인 상황을 타개할 만한 물건이 있을 리 없다고, 막연하게 생각하며.

"있습니다."

노인은 이런 내 내심을 아는지 모르는지, 평소와 별다를 바 없는 태도로 내 질문에 대답했다.

"그런데 고객님, 오랜만에 뵈었더니 영혼의 격이 많이 높아지셨군요."

신상 설명은 어딜 간 건지, 노인은 갑자기 딴소릴 했다. 나는 노인의 말에 대꾸하지 않은 채, 잠자코 이어질 말을 기다렸다.

"그런 고객님께 딱 맞는 상품이 있습니다."

상품 설명을 하는 내내, 노인의 표정은 한결같았다.

그러나 그 설명을 듣고 난 내 표정은 더 이상 이전과 같을 수 없었다.

*　　　*　　　*

"어윽."

로제펠트는 상처 입은 몸을 끌어안고 그 자리에 주저앉았다.

온몸이 다 정상이 아니었다. 기습적인 박치기에 당해 주저앉은 코뼈는 나은 수준이었다. 신화급 스킬로 여겨지는 번개에 맞아 팔 하나가 완전히 맛이 갔으며, 자폭에 맞아 전신에 화상을 입었고 갈비뼈도 두어 개쯤 나갔다.

"이렇게… 이렇게 크게 다친 게 얼마 만인지……."

로제펠트는 이를 갈았다. 이게 얼마나 대단한 일인지, 저지른 이진혁도 모를 것이다.

이름: 로제펠트 합트크누플
고유 특성: [9,999 차단]
　─희귀도: 고유(Unique)
　─등급: SSS랭크
　─설명: 적의 공격으로 인한 피해를 99.99% 차단한다.

적으로부터의 피해를 만 분의 1만 남기고 싹 다 차단해 주는 로제펠트의 고유 특성을 뚫고도 이 정도의 피해를 입힌 거다. 만약 이 고유 특성이 없었다면 이진혁의 박치기 한 방에 한 줌 핏물이 되어버릴 수도 있었다는 생각에 간담이 서늘해졌다.

그러나 그건 실제로는 일어나지 않은 일이다.

로제펠트는 주저앉은 채 재생 스킬을 사용했다. 그러자 그의 온몸의 그슬린 심각한 화상이 천천히 낫기 시작했다. 쿵, 하고 코를 풀어 비강 안에 차 있던 코피를 한 번에 뿜어낸 그는 이를 득득 갈았다.

"부활해서 오기만 해봐라. 이번엔 고문을 해주지. 죽지도 살지도 못한 채 고통 속에서 나날을 보내게 만들어 버리겠어."

당연하게도 로제펠트는 이진혁이 '완전히' 죽지 않았음을 알고 있었다. 그도 잔뼈 굵은 플레이어다. 게다가 이진혁은 권능 스킬을 해제할 수 있을 정도의 실력자. [1UP 코인]으로 부활해 올 가능성을 염두에 두는 것은 당연했다.

게다가 무엇보다, 아직 카르마 연산이 이뤄지지 않았다.

아니나 다를까, 한 번 사라졌던 이진혁의 모습이 그 자리에 다시 나타나기 시작했다.

Chapter 6

"…흥, 왔군."

로제펠트는 내심 안도하며 부활해 온 이진혁의 모습을 응시했다. 만약 이진혁이 [귀환의 돌]로 멀리 날아가 버리면 일이 귀찮아지는데, 그러지 않아서 다행이었다.

'[1UP 코인]을 하나 갖고 있긴 했어도, [귀환의 돌]을 살 수 있을 정도로 포지티브 카르마가 넉넉하진 않았던 모양이로군.'

로제펠트는 이진혁이 카르마가 모자라 [귀환의 돌]을 사지 못했다고 판단했다. 그러니 [1UP 코인]도 더 이상 없을 것이다. 그는 그렇게 넘겨짚었다.

'뭐, 상관없지만.'

어차피 죽일 생각도 없었다. 죽음보다 더 끔찍한 무한에 가까운 고통의 세월을 안겨줄 생각이었다. 아니지, 세뇌해서 써먹는 것도 생각해 볼만 하군. 그리고 그가 생각하는 가장 끔찍한 짓을 저지르게 한 후 가끔씩 세뇌를 풀어 죄책감에 몸부림치는 걸 보는 것도 꽤나 즐길 만한 유희리라.

"도망치지 않고 돌아온 것은 칭찬해 주지. 아주 용기 있군."

상상으로 인해 기분이 아주 좋아진 로제펠트는 이진혁에게 그렇게 칭찬했다.

"그러나 멍청한 용기였어. 보통 그걸 만용이라 부르지."

로제펠트는 크크크, 하고 웃었다. 방금 전의 분노는 어디로 간 듯 없고 그저 유쾌한 기분만이 가슴을 가득 채우고 있을 뿐이었다.

"하나 묻지."

그때, 이진혁이 입을 열었다. 건방지기 짝이 없는 언사였다. 그 순간 로제펠트는 얼굴에서 미소를 지웠다. 그러나 곧 다시 미소를 지을 수 있었다.

자기가 어떤 상황에 놓인 건지 아직 이해하지 못한 것이리라는 생각에서였다.

"좋다. 나는 지금 기분이 좋으니, 질문 하나둘쯤 대답해 주는 건 문제가 아니지."

그래서 로제펠트는 이진혁의 건방진 그 말에 흔쾌히 대꾸해 주었다.

대답한다고 말했지만, 사실을 대답해 주겠다고 말한 적은 없다. 이렇게 대화를 끝맺어야지. 로제펠트는 유쾌한 생각을 하며 이진혁의 이어질 질문을 기다렸다.

"가나안 계획에 대해 알고 있는가?"

로제펠트의 동공이 순간 확대되었다가, 다시 줄어들었다. 그만큼 흥미로운 질문이었다. 원래 하려고 했던 대답을 접을 정도로.

"모른다."

모르는 자의 반응은 아니었으나, 로제펠트는 뻔뻔하게 나가기로 마음먹었다. 어차피 거짓말을 할 생각이기도 했고, 사실을 말할 이유 또한 어디에도 없었다.

"그렇군."

생각보다 덤덤히 반응하는 이진혁의 모습에, 로제펠트는 재미가 없다 여겼다. 그래서 양념을 좀 치기로 마음먹었다.

"그럼 이제 이쪽에서 질문을 할 차례로군."

"해라."

묘하게 당당한 이진혁의 태도가 마음에 들지 않았지만, 직접 고문해 저 태도를 바꿔놓을 생각을 하니 하복부가 근질거렸다.

"네놈은 죽고 싶은가?"

좋은 질문이다. 로제펠트는 자화자찬했다.

왜냐하면 만약 아니라고 말한다면 죽고 싶다고 말할 때까지 고문해 주면 될 테고, 그렇다고 말한다면 네 소원은 이뤄지지 않을 거라고 말해주면 될 테니.

"악의가 느껴지는군."

대답은 어느 쪽도 아니었다. 로제펠트는 기분이 팍 상해 버렸다.

"대답을 해라."

"그 질문에 대한 대답은 필요치 않다."

이진혁이 눈을 부릅떴다.

"이 자리에서 죽을 것은 너이기 때문이다!"

저 새끼가 미쳤나. 아, 마침내 미쳐 버린 것이로군. 죽음의 공포에 미쳐 버린 것이야. 로제펠트는 그 자리에서 껄껄껄 웃었다. 더 이상 참을 필요는 느껴지지 않았다.

"아니, 이 자리에선 누구도 죽지 않는다!"

로제펠트는 비릿하게 웃으며, 이진혁을 향해 손가락을 내밀었다.

[궁니르의 번뜩임]

이미 이진혁의 목숨을 한 번 끊어놓은 적이 있는 섬광이 번뜩였다. 어차피 이거 한 방에 죽진 않으리란 걸 잘 알기 때문에, 로제펠트는 사양 않고 최고 출력으로 스킬을 쏴냈다.

"고문하고 세뇌해서 내 발바닥을 기쁘게 핥게 하리라!"

펑!

팔이 날아갔다.

"으억?"

로제펠트의 왼팔이.

"으아아, 으아아악. 끄아아아아아악!!"

갑작스러운 격통에 로제펠트는 체통도 잊고 그 자리를 나뒹굴었다. 의문을 떠올릴 수 있게 된 건 침이 멋대로 입에서 질질 새어 나갈 정도로 비명을 질러댄 다음의 일이었다.

어째서, 어째서? 어째서 이런 일이 일어나게 된 거지?

'내가 쏜 [궁니르의 번뜩임]이 어째서 내게?!'

[9,999 차단]은 SSS랭크 고유 특성이다. 신화급 스킬도 막아낼 수 있다. 그러나 문제는 [궁니르의 번뜩임]의 위력이었다. 이 신화급 스킬은 99.99%의 피해를 차단당하고서도, 0.01%의 위력만으로도 사람 팔 하나 날리는 건 여반장이었다.

아니, 이런 걸 분석하고 있을 때가 아니었다.

저벅, 저벅.

어느새 이진혁이 다가와 있었다.

날카로운 시선이 로제펠트를 내려다보고 있었다.

"무, 무슨……. 무슨, 개수작을……!"

부린 거냐, 라고 말을 마칠 필요는 없었다.

"네게 [반환]했다."

답이 먼저 돌아왔기 때문이다.

"네 것을, 네게."

"무, 크윽……!"

[반환]? 반환이 뭐지? 스킬인가? 아니, 일반적인 스킬로 신화급 스킬인 [궁니르의 번뜩임]을 되돌릴 순 없다. 그렇다면……!

"[권능], 인가!"

권능 스킬. 그거라면 설명이 된다. 본인이 [반환]이라고 말했으니 아마도 [반환의 권능]일 테지. 하지만 그렇다면 왜 아깐 그냥 맞고 죽었고, 지금은 [반환]한 거지?

"아."

그제야 로제펠트는 상황을 이해했다. 원래 사용하지 못했던 권능 스킬을 지금은 사용할 수 있게 된 이유에 대해서도 뒤늦게 깨달았다.

이 남자, 이진혁이 [귀환의 돌]을 쓰지 않은 것은 만용 때문이 아니었다. 그는 카르마 마켓에서 다른 것을 샀다. 아주 비싼 것을.

"[넥타르]를… 마셨구나!"

[넥타르]. 신들이 연회를 벌일 때 주로 마신다고 알려진 전설의 음료. 마시면 필멸자마저 잠시나마 신성을 얻을 수 있을 정도로 대단한 음료라고 일컬어지고 있다.

카르마 마켓에서 취급하는 [넥타르]는 신화의 그것과는 조금 달라서, 마시는 대상이 어느 정도의 신성이나 영웅적인 위업을 쌓아놓지 않았다면 아무런 의미도 없다. 그러나 반대로 말하면 충분한 신성과 위업을 쌓아놨다면 충분한 효과를 발휘한다.

그 효과는 심플하면서도 위력적이다. 쌓아놓은 카르마의 일부를 신성으로 바꾼다. 그리고 잠시 동안 영혼의 격을 올려준다. 격이 얼마나 상승하는지는 신성으로 전환된 카르마의 양에 따라 달라진다.

그렇게 영혼의 격을 올렸다면 이제까지는 자격이 안 되어 쓰지 못했던 [권능]을 갑자기 쓸 수 있게 된 것도 설명이 된다.

"아니."

그러나 이진혁은 고개를 저어 로제펠트의 추론을 부정했다.

"거, 거짓말!"

"거짓말이기도 하고 아니기도 하지. 내가 마신 건 [황금 사과 넥타르]니까."

"황금……!"

로제펠트는 머릿속이 하얘지는 것을 느꼈다. [황금 사과 넥타르]는 바리에이션이 꽤 존재하는 넥타르 중에서도 최상급의 것이었으니까. 그런 만큼 가장 비싸지만 효과는 확실하다.

일단 카르마의 신성 전환 효율이 비교도 안 되게 높다. 자세한 수치까지 기억하고 있지 않지만, 최소한 열 배는 차이난다. 그리고 일반 넥타르가 부여하는 영혼의 격을 상승시키는 효과가 잠시라면, [황금 사과 넥타르]는 영속적으로 영혼의 격을 올려준다.

누가 알았겠는가? 이 후줄근한 플레이어가 [황금 사과 넥타리]를 살 수 있을 정도로 포지티브 카르마를 모아놓았을 줄.

로제펠트는 뒤늦게 자신의 잘못을 깨달았다.

"네놈을… 죽여선 안 됐군."

이진혁이 이렇게까지 카르마를 많이 쌓아놓은 플레이어였다면, 그를 죽여서 카르마 마켓에 들어가도록 놔뒀으면 안 됐다.

아니, 이게 아니었다. 이진혁 정도 급의 플레이어는 만약의 경우에 대비해 자폭할 방법도 마련해 놓고는 하니까.

로제펠트가 저지른 진짜 잘못은 이진혁을 얕보고 섣불리 나선 것이다. 적어도 이진혁이 어떤 죄를 저지를 때까지 기다려야 했다. 자신의 권능 스킬, [징벌의 권능]이라도 쓸 수 있다면 반전의 기회가 있을 테니 말이다.

그러나 이진혁은 로제펠트의 시야 안에서 그 어떤 죄도 저지른 적이 없다.

[재생] 스킬로 인해 날아갔던 왼팔은 다시 자라났지만, 그렇다고 상황이 나아지는 것은 아니었다. 여전히 절망적이었다. 이길 방법이 보이질 않았다.

'아니야. 방법은 있어.'

로제펠트는 어떤 발상을 떠올렸다.

'저놈의 권능은 [반환]. 그렇다면 이쪽에서 공격하지 않으면

저놈도 날 공격 못 해.'

스킬로 공격하지 않으면 이길 수 없다. 이길 방법이 없는 건 똑같았다. 하지만 질 가능성은 확연히 낮아졌다. 지금 막 신성을 얻은 플레이어가 신화급 스킬을 그렇게 많이 갖고 있진 않을 테고, 신화 스킬의 사용에 필요한 신성도 그리 풍부하진 않을 테니 말이다.

'반드시 1:1로 이길 필요는 없다. 이대로 후퇴해서 지원을 요청하면 돼.'

로제펠트는 그렇게 판단했다.

그러나.

펑!

"끄으으읍!!"

폭발이 다시금 일어났다.

순간적으로 로제펠트는 자신에게 무슨 일이 일어났는지 인지하지 못했으나, 조금 전과 똑같은 부위에 상처를 입은 것을 보곤 겨우겨우 이해할 수 있게 되었다.

"[궁니르의 번뜩임]……!"

"맞았어. 정확하군."

이진혁이 비릿하게 웃었다.

"너는 내게 여덟 발의 [궁니르의 번뜩임]을 썼지."

여덟 발의 [궁니르의 번뜩임]을 썼다.

그 말이 가리키는 바는 매우 명백했다. [반환의 권능]이 '축

적'해 둔 [궁니르의 번뜩임]이 여덟 발이었다는 뜻이다.

이미 두 발을 쐈으니 여섯 발밖에 남지 않았다, 는 결론은 로제펠트를 전혀 위로해 주지 못했다. 아니, 이렇게 정정해야 했다. 여섯 발이나 남았다, 고.

"으아……!"

이진혁은 손가락을 들어 올렸다. 그걸 본 로제펠트는 겁에 질려 도망치려다 그 자리에 나자빠지고 말았다. 그 도주 경로는 완전무결하게 무의미하다는 것을 스스로도 잘 알고 있었다.

"으아아아아악!!"

펑!

*　　　*　　　*

"후……."

나는 긴 한숨을 내쉬었다. 그 후, 숨을 들이켜려고 하니 암모니아의 향이 코의 점막을 자극해 미간을 찌푸릴 수밖에 없게 되었다.

암모니아 향의 정체는 바로 정신을 잃고 기절한 로제펠트가 지린 오줌 냄새였다.

"흠, 흠."

마력을 불로 전환해 암모니아 냄새를 태워 버리며, 나는 로제펠트에게서 시선을 치웠다.

"나는 왜 이렇게 운이 좋지?"

그야 행운을 올렸으니까, 라고 하기에도 좀 그렇다. 행운 능력치는 시스템상의 랜덤 수치 산출에만 기여하니까. 하긴 뭐, 행운 능력치를 올린 이후로 일이 좀 잘 풀리는 것 같기는 하니 전혀 의미가 없는 것 같지는 않았다.

카르마 마켓에서 무슨 일이 있었냐면, 로제펠트가 추측한 그대로였다.

노인은 내게 [넥타르]를 권했고, 나는 그중에 가장 비싼 [황금 사과 넥타르]를 골라 사 마셨다. 물론 [황금 사과 넥타르]는 내게도 부담스럽지 않은 가격은 아니었다. 포지티브 카르마를 10,000점이나 지불해야 했으니까.

하지만 가장 싼 [달콤한 넥타르]의 가격은 1,000점인데, 신성 전환 효율은 1%에 불과했다. 이걸 사먹었다면 권능 스킬의 필요조건조차 채우지 못했을 것이다. 그랬다면 이 자리에 패배해 고통받을 건 로제펠트가 아니라 나였겠지.

게다가 어차피 [넥타르]를 사 마시고 나면 카르마가 0이 되어버린다는 것도 앞뒤 가리지 않고 [황금 사과 넥타르]를 구매하게 된 원인 중 하나였다. 그야 그간 얻은 카르마를 신성으로 환산하는 거니, 전부 사라지는 것도 이상한 일은 아니다. 좀 억울하긴 하지만 말이다.

＊　　　＊　　　＊

그래서 [황금 사과 넥타르] 하나와 [백년백련의 씨앗]을 두 개, 그리고 [1UP 코인]을 두 개 사자 잔여 포지티브 카르마는 딱 4점 남았다. 이 정도는 뭐 어쩔 수 없겠지. 카르마 마켓에서 1포인트짜리 사탕을 파는 것도 아니니.

어쨌든 그렇게 [황금 사과 넥타르]를 마심으로써 내가 여태껏 쌓은 12,954점의 포지티브 카르마 중 10%인 1,295가 신성으로 변환되었다. 다행히 이전까지 내가 카르마 마켓에서 코인이나 술, 돌 등으로 바꿔먹은 카르마도 변환에 포함되는 모양이었다.

이로써 내 신성은 1,407이 되었고, [한미한 신성]에서 [명백한 신성]으로 업그레이드되었다. 그리고 영혼의 격 또한 [흐릿함]에서 [반짝임]으로 올랐다고 한다.

영혼의 격은 신성을 쌓다 보면 자연스럽게 오르는 것이지만, [황금 사과 넥타르] 덕에 더욱 극적인 변화를 일구어냈다고 노인이 말해주었다.

"이제 멀리서도 고객님의 모습이 보이겠군요. 하지만 나쁜 이들도 고객님의 모습을 관측할 수 있게 되었으니, 영혼의 빛을 숨기는 법을 배우셔야 합니다."

오래간만에 큰 매상을 올린 보답이라고 하면서, 노인은 내게 영혼의 빛을 내면으로 침강시켜 숨기는 법 또한 알려주었다. 스킬로 되는 것이 아니라 직접 내가 익혀야 하는 거였는데, 다행히 부활하기 전에 요령을 깨달을 수 있었다.

그렇게 나는 권능 스킬의 요구 조건인 [자격]을 만족시킬 수 있게 되었다. 영혼의 격이 오름에 따라 원래 열람조차 못했던 권능 스킬의 열람은 물론 사용까지 가능해진 것이다.

[반환의 권능]+10

─등급: 권능(Power)

─숙련도: 초월 랭크

─효과: 스킬 공격에 대한 피해를 무효화하거나 피해를 받는 대신 비축해 둘 수 있다. 비축한 스킬 공격 효과는 원하는 때에 반환할 수 있다.

이것이 숨겨져 있던 권능 스킬의 전모였다.

딱 봐도 반격가 스타일의 권능 스킬이다. [흡수/방출]과 [응보의 때]를 잘 섞어놓은 것 같다고나 할까.

가장 큰 차이점은 역시 권능 스킬이라는 점. 권능급이라 신화급 스킬도 반격이 가능하다. 이것 하나만으로 충분히 만족스러운 스킬이다.

게다가 이 스킬, 대가급 스킬인 [반격의 대가]와 합성이 가능하다. 합성에 필요한 스킬 포인트가 1,000 이상이라 지금 당장은 합성을 생각하지 않고 있지만, 정작 필요한 포인트가 모이고 나면 질러 버릴지도 모르겠다.

단점이 없진 않다. 무효화를 방금 전에 써봤는데, 재사용 대기 시간이 도는 게 그거였다. 하긴 이 정도 스킬인데 재사용 대기 시간까지 없으면 거의 무적 상태로 돌아다닐 수 있었 겠지. 그리고 무효화 쿨이 도는 중에도 비축은 가능하고 반환도 쿨이 따로 돈다. 이 정도면 훌륭하지.

뭐 어쨌든, 지금 중요한 건 이 [반환의 권능] 딱 하나로 원래 절대 못 이길 상대였던 로제펠트를 제압해 버렸다는 점이다.

권능 스킬은 사용에 조건이 필요하다. [반환의 권능]은 단독으로는 아예 사용이 불가능하고, 누군가에게서 공격을 받을 필요가 있다는 것이 그 조건이다. 모르기는 몰라도, 로제펠트의 권능 스킬은 '제물'이 필요했을 것이다.

내가 생각보다 쉽게 로제펠트를 제압한 이유가 이것이며, 내가 운이 좋다고 한 건 바로 이 점이다.

만약 로제펠트가 권능 스킬의 조건을 채웠다면? 그리고 내가 넥타르를 마셔서 권능 스킬 사용이 가능했더라도 그 권능 스킬이 이상한 거라 조건을 못 채웠다면? 이 자리에 오줌을 지리며 기절해 있는 게 내 쪽이 아닐 거라고 단언할 수 있을까?

게다가 영혼의 격이 모자라 권능 스킬이 [???]로 표기되었던 때 당했던 공격도 반환이 가능했다는 점이 로제펠트를 제압하는 데 결정적인 변수가 되었다는 점까지 고려하면, 이 승패는 정말로 운이 좌우했다고밖에 볼 수가 없다.

　물론 신성을 얻고 권능을 얻으면 그 권능은 본인이 걸어온 길과 관련된 것이 주어질 가능성이 높다는 소릴 노인으로부터 듣기는 했다. 그런 의미에서 보자면 내게 [반환의 권능]이 주어진 것은 차라리 필연에 가까웠다.

　그런 점에서 보자면, 이 결과는 내가 운이 좋았다기보다는 로제펠트가 운이 나빴다고 보는 게 더 맞는 걸지도 모르겠다. 아니, 운이 나빴다기보다는 상대가 나빴다는 게 더 정확한 표현이려나.

　"자, 그럼 이제 어쩐다?"

　내가 승리하긴 했지만, 이대로 살려두기엔 로제펠트는 너무 위험한 존재다. 역시 죽이는 게 맞다. 이건 확정이다. 내가 고민하는 건 '언제' 죽이느냐, 였다.

　지금 당장 죽이는 게 가장 안전하다는 점에 있어선 달리 생각할 거리가 없다. 그런데도 내가 고민하는 이유는 로제펠트가 가지고 있을 정보와 스킬이 탐나서였다.

　"아, 그렇지."

　나는 다른 변수를 하나 생각해 냈다.

　"나, 성장했지."

　정확히는 신성이. 그리고 영혼의 격이.

[기아스 Geis]+6

—등급: 신화(Myth)

—숙련도: EX랭크

—효과: 명령을 내려 따르게 한다. 이 스킬은 신성이 높을수록 강화된다.

그렇다면 신화급 스킬인 [기아스]의 글자 수도 몇 자쯤 늘어났을지도 모른다. 나는 기절한 로제펠트에게 [기아스]를 사용해 보았다. 그러자……

—명령하십시오.

—[명백한 신성]으로 현재 명령 가능한 글자 수: 4글자

—+6 강화치로 인해 명령 가능한 글자 수가 2글자 늘어납니다.

"오!"

처음 사용했을 때에 비해 명령 가능한 글자 수가 세 글자나 늘었다. 그러나 좋아하긴 아직 일렀다.

—상대의 격이 높습니다: —2글자

—명령 가능한 글자 수: 4글자

"헉."

[내게 복종하라]라는 명령을 하려던 나의 야망이 분쇄되었

다. 그럼 어쩌지? 4글자라⋯⋯.

"날 따르라"

—[나를 따르라]
—글자 수 초과, 불가능한 명령입니다.

뭐야, 조사까지 치는 거였어? 쳇.

"나를 따름."

—명령문으로 작성해 주십시오.

에라이. 아무래도 시스템은 편법을 허용하지 않는 모양이다. 그럼 어쩐다. [복종하라]를 쓰고 싶지만, 역시 누구에게 복종하란 건지 확실히 해두고 싶다. 뒤틀기 너무 쉬운 명령문이다.

이젠 더 고민할 시간도 없다. 기아스의 정지가 곧 풀려 버릴 테니까.

그러고 보니 내겐 아직 [반환] 가능한 [궁니르의 번뜩임]이 여러 발 남아 있다. 굳이 이 [기아스] 한 방으로 완벽하게 옭아맬 생각을 할 필요는 없다. 도망치려 들거나 반항하려 들면 [궁니르의 번뜩임]으로 징벌해 주면 되니까.

그러니 여기서 할 명령은 이거였다.

"[거짓말 마라.]"

나는 정보를 얻기로 했다. 스킬을 못 얻는 건 좀 아쉽지만 다음을 기약하자. 어차피 지금 내 수준으로는 레전드급을 뜯어내는 게 고작이고 이것도 운이 좋아야 한다. 지금은 내 운이 좀 좋은 것 같지만, 그렇다고 목숨이 위험할 수도 있는 일인데 운에 기댈 순 없지.

게다가 로제펠트 놈은 끈질기게 보일 정도로 [궁니르의 번뜩임]에만 의지하는 모습을 보여주었다. 어쩌면 이 놈이 가지고 있는 쓸 만한 스킬은 이 신화급 스킬뿐일지도 모른다. 그리고 신화급 스킬은 운으로도 못 뜯어낸다.

난 그런 생각으로 아쉬움을 달래며, 마력을 생명 속성으로 변환해 로제펠트에게 밀어 넣어 주었다.

그러자 놈이 깨어났다.

"히, 히익!"

로제펠트는 곧장 내게서 물러나 도망치려 들었다. 나는 놈에게 딱 한마디를 던졌다.

"멈춰."

내 말을 들은 로제펠트는 그 자리에서 딱 굳었다.

"도, 도망치려 한 게……. 맞습니다! …어?"

그 변명 같지도 않은 말에, 나는 푸근하게 웃었다.

"음, 좋아. [기아스]가 잘 듣는 모양이군."

"기, [기아스]……."

로제펠트의 얼굴이 곧장 거무죽죽해졌다. 놈이 어떤 상상을 하고 있는지 모르겠지만, 아무래도 내게 불리한 상상을 하고 있는 것 같지는 않았다.

"자, 그럼. 이제 심문을 시작해 볼까?"

＊　　　＊　　　＊

남자의 풀 네임은 로제펠트 합트크누플. 교단 소속은 아니고, 과거에 만신전과 교단이 한 몸이었을 때 어떤 신의 어포슬로 뽑힌 플레이어였다고 한다.

어포슬. 예전에 한 번 들어본 적이 있는 단어다. 크리스티나가 교단 소속의 플레이어에 대해 설명할 때, 신들이 튜토리얼의 성적을 보고 유망한 플레이어를 어포슬이나 인퀴지터로 끌어들인다는 그 이야기였다.

신이 자신의 어포슬, 그러니까 사도로 삼을 정도라면 정말 대단한 플레이어였다고 봐야 한다.

하지만 그것도 과거의 이야기. 자신을 어포슬로 뽑아준 신이 죽어버리고 뒷배가 사라진 로제펠트는 끈 떨어진 연이 되어 지금은 교단의 하청을 받아 파견당하는 처지라고 한다.

교단이 직접 나설 수 없거나 껄끄러운 임무에 주로 투입되는데, 이번 임무도 그런 성질의 것이었다고 한다. 하긴 그도 그럴 터, 교단에서도 아는 이들이 드문 가나안 계획의 지원 임무다. 아무래도 비밀 임무다 보니 인력을 지속적으로 투입하기 어려운 모양이다.

보안을 유지해야 하는 임무인데, 파견을 쓰는 이유는 외주를 돌리면 언제든 잘라내고 발뺌하기 쉽기 때문이라고 로제펠트가 직접 말했다. 거짓말을 못 하는 기아스에 걸려 있으니 아마 사실이겠지. 적어도 로제펠트 본인은 사실로 믿고 있으리라.

어느 정도 예상은 하고 있었지만, 지금 내가 체재하고 있는 이 차원, 코드명 '신 가나안'은 교단의 지배 지역에서도 아주 구석 중의 촌구석으로 거의 교단의 관리가 미치지 않는 지역이라고 한다. 연락도 자주 끊기고, 보고 체계도 제대로 되어 있지 않다고.

그럼에도 불구하고 로제펠트가 딱 여기에 핀포인트로 투입될 수 있었던 건 내가 케찰코아틀과 아르슬란에게 걸려 있던 [지배의 권능] 스킬을 풀어버렸기 때문이라고 한다.

권능 스킬을 사용한 자가 자신이 건 스킬이 풀려 버린 것을 감지하고 이 '신 가나안'으로 로제펠트를 파견했다던가.

"그렇군······."

이건 귀중한 정보였다. 인퀴지터도 인스펙터도 쥬디케이터도 발길을 끊은 이 변경 차원에 갑자기 교단의 끄나풀이 나타난 이유, 그 트리거를 알게 된 거니까 말이다. 이제 [지배의 권능]을 차단하는 걸 지양하고 잘 숨어 다니면 당분간 안전하리라는 게 밝혀진 셈이다.

내게 있어서 사소한 스트레스는 한 번 제압하긴 했지만 여전히 만만하지는 않은 이 로제펠트라는 사내도 교단의 끄나풀에 불과하다는 점이었다.

[황금 사과 넥타르]를 마셔 신성도 많이 쌓고 영혼의 격도 올랐는데, 아직도 자만하긴 멀었고 더 강해질 필요가 있다는 게 참 피곤하다.

하긴 궁극적으로 따지자면 내 적은 교단의 신들인 셈이다. 이제 막 [명백한 신성]을 얻은 참인데, 나 혼자 힘으로 교단을 이겨먹으려고 생각하는 게 양심 없는 발상이지.

그나마 다행인 건 시간은 아직 내 편이라는 점이었다. 교단은 이 변경에 전력을 쏟아낼 수 없고, 가나안 계획이 비밀 계획인 이상 전면전이 벌어질 일도 거의 없다. 그리고 난 시간만 끌면 신성을 계속 쌓을 수 있는 기반을 마련해 놨다.

탐색 퀘스트를 계속해서 인류연맹의 본거지로 향하는 포탈을 열고 탈출하는 것도 한 가지 선택지가 될 수 있다. 크리스티나는 앞으로 조금만 더 탐색을 하고 나면 포탈을 열 수 있다고 했으니 말이다.

그래, 꼭 나 혼자 교단 전체를 상대로 싸울 필요는 없지. 인류연맹을 끌어들여도 된다. 아니, 애초에 인류연맹은 교단과 적대 관계니 연맹이 나를 끌어들이는 쪽에 가깝다.

잘 생각해 보니 상황은 의외로 별로 절망적이지도 않았고 오히려 내게 유리한 점도 많았다. 무엇보다 시간이 나의 편이란 건 꽤 든든했다.

중요한 건 내 한 몸을 건사하는 것. 즉, 나대지 않는 것. 이거 하나였다.

＊　　　＊　　　＊

로제펠트를 상대로 어느 정도 심문을 하고나니 어느새 기아스의 쿨타임이 끝나 있었다.

그렇다고 6시간이 지난 건 아니다. 이 스킬을 처음 얻었을 때는 쿨타임이 그만큼이나 됐었지만 지금은 아니다. 1시간 정도로 끝이다. 내 신성이 그만큼 성장한 덕택일 터였다. 이것도 나름 뿌듯하긴 하네.

어쨌든 이로써 로제펠트에게 다음 [기아스]를 걸 수 있게 되었다.

자, 어쩐다. 로제펠트를 더 심문할까? 아니면 이만 죽일까?

기아스로 자살을 명령하면 죽은 후에 [1UP 코인]과 [귀환의 돌]의 콤보로 도망쳐 버리는 경우의 수도 방지할 수 있으니, 후환을 염려할 필요는 없다. 뭐, 이 악당이 포지티브 카르마를 모아놓았다고 생각하긴 힘들지만 일단은 만약의 경우도 경계해야지. 그런 점에선 죽으라고 명령하는 게 가장 깔끔하긴 하다.

그래도 잘 생각해 보면 혹시 다른 방법이 있지 않을까? 어떻게 더 우려먹을 방법이 없을까?

내가 그런 식의 고민에 잠겨 있을 때였다. 내가 어떤 생각을 하고 있는지 눈치껏 알아챈 건지, 로제펠트는 고개를 푹 숙인 채 부들부들 떨고 있었다. 그러다 마음의 결정을 내리기라도 한 듯 몸의 떨림을 뚝 멈춘 그는 자세를 바로 하고 머리를 땅에 박아 넣으며 내게 이렇게 말했다.

"이렇게 된 이상, 부디 여기서 깔끔하게 죽여주소서!"

로제펠트가 이렇게 나오는 이유는 대충 짐작이 갔다.

[기아스]를 잘 활용하면 죽음보다도 더 더러운 꼴을 보게 만들 수 있으니까.

예를 들어 안젤라의 선배였던 인스펙터 카자크처럼 말이다.

카자크, 지금쯤 뭐 하려나. 아직 안 죽은 건 확실한데. 카르마 연산이 들어오질 않았으니. 나는 그에게 [배신해]라는 명령을 내렸었으니, 지금도 활기차게 배신 때리며 돌아다니고 있을 가능성이 없진 않았다. 그에게 두 번이나 죽은 내 입장에선 누구한테든 잡혀서 험한 꼴을 당하고 있길 더 바라긴 하지만 말이다.

아무튼.

차라리 이 자리에서 그냥 죽는 게 더 나을 수도 있다, 적어도 로제펠트는 그렇게 판단한 모양이었다. 그리고 그 판단은 꽤나 타당하고 말이다.

사실 급하게 [기아스]를 걸고 나서 알게 된 거지만, [거짓말 마]라는 명령에는 허점이 있었다. 그냥 입을 다물어 버리면 된다는 간단하고 확실한 대응 방법이 존재했으니까.

그러나 로제펠트는 그러지 않고 성실하게 내 심문에 응해 주었다. [거짓말 마]라는 명령을 받고 털어놓은 덕에 신뢰도가 높은 확실한 정보다. 가치는 꽤 높다.

로제펠트가 왜 자신의 적을 상대로, 그것도 고용주의 정보를 나불나불 털어놨는지는 지금 밝혀졌다.

깨끗하게 죽기 위해서.

상대가 이 정도의 성의를 보였으면, 나도 그에 걸맞은 적절한 답례를 해야 했다.

"알았다."

이게 피차지간에 가장 좋은 결말이다. 내 쪽도 어차피 살려보낼 생각은 없었다.

[기아스]

나는 로제펠트에게 다시 한번 [기아스]를 걸고 명령했다.

"[죽어라]."

[기아스]의 힘에 사로잡힌 로제펠트는 목에 자신의 손을 꽂아 넣으며 환희에 차 외쳤다.

"베풀어주신 자비에 감사드립니다!!"

푸악.

로제펠트의 목이 굴러떨어지며 잘려 나간 목에서 피가 솟아올랐다. 아니, 왜 이렇게 신나서 죽어? 나는 이해하기 힘들었다.

하지만 예상했던 대로, 로제펠트는 바로 죽지는 않았다.

"끄어어억."

마치 시간을 되돌린 것처럼 잘려 나간 목이 날아와 다시 붙는 광경을 지켜보는 건 썩 유쾌한 일은 아니었다.

아, 참. 이것도 부활 스킬일 테니 [간파]해 봐야겠다. 그런 생각에 나는 곧장 [현묘한 간파]를 켰지만, 곧 짜게 식었다. 로제펠트가 쓰고 있는 부활 스킬은 신화급 스킬이어서 대가급인 간파로는 뜯어올 수 없었기 때문이었다.

"꾸르어어어."

로제펠트는 그런 식으로 세 번이나 되살아났고 그때마다 다시 스스로를 죽였다. 역시 신화급 스킬. 부활 기회가 많기도 하지.

그럼에도 불구하고 그가 '진짜' 죽음에 이르기까지는 그리 오래 걸리진 않으리라.

―레벨 업!

―레벨 업!

―이진혁 님께서 로제펠트 님을 살해하셨습니다.

─플레이어 킬!

─카르마 연산 중······.

─로제펠트 님의 네거티브 카르마가 매우 높은 관계로, 페널티
는 부여되지 않습니다.

─이진혁 님께 포지티브 카르마가 부여됩니다: 2,554점.

그리고 마침내 경험치가 들어오고 카르마 연산이 떴다. 드
디어 로제펠트가 완전히 죽은 모양이었다.

레벨 업도 레벨 업이지만, 포지티브 카르마가 들어오는 메
시지도 꽤 반가웠다. 넥타르를 마셔서 포지티브 카르마를 다
소진시켜 버린 터였으니 말이다. 언제 또 카르마 마켓에 들어
갈지는 모르겠지만 그때 오늘 못 샀던 [1UP 코인]을 마저 살
수 있겠다 싶다.

"그건 그렇고 이 아저씨도 사람 엄청나게 죽이고 다녔구먼."

내게 들어온 포지티브 카르마가 2,500점을 넘었다는 건 로
제펠트가 그냥 학살을 저지르고 다녔다는 소리다. 그런데 대
체 어떤 더러운 꼴을 예상했기에 죽어가면서 나한테 감사 인
사까지 하지? 내가 창의력이 모자란 건가?

하기야 내 신성이 부족한 탓에 기아스에 쓸 수 있는 글자
수가 너무 적어서 그렇지, 한 글자만 더 쓸 수 있어도 노예처
럼 질질 끌고 다니며 부릴 수도 있었다. 로제펠트도 내게 한
번 제압당한 후 날 과대평가하는 경향이 있었으니, 뭔가 기괴

한 상상을 한 걸지도 모른다.

"뭔가 좀 아쉽긴 하네."

로제펠트를 못 괴롭혀서 그런 게 아니라, 스킬을 못 얻어서 그렇다. 이번 전투에서 로제펠트는 철저하게 신화급 스킬만 썼기에 스킬 수익은 깔끔한 0이었다.

그렇게 내가 입맛을 다시고 있을 때였다.

―당신의 스킬로 권능을 지닌 적을 처치했습니다.
―주인 잃은 권능은 새 주인을 찾습니다.

"······?!"

뭐지, 이 시스템 메시지는?

―[징벌의 권능]이 당신을 새 주인으로 인정합니다.
―[징벌의 권능]이 당신의 스킬이 되었습니다.

"······!"

새 권능 스킬을 얻었다. 기뻐해야 할 일이다. 그러나 내가 먼저 느낀 것은 기쁨이 아니라 위기감이었다.

"권능 스킬은··· 상대를 죽임으로써 얻어낼 수 있는 건가."

물론 항상 그렇지는 않을 것이다. 방금 시스템 메시지로 출력되기론, 권능이 주인을 고른다고 했으니까. 그러나 그럴 가능성이 존재한다는 것이 중요하다.

"으으으."

무법자의 소굴에서 자기의 몸을 지킬 수단을 갖지 못한 소년의 주머니에 금화가 들어 있다면, 대체 어떤 일이 일어날까? 현실은 영화와 같지 않다. 무참히 살해당할 게 빤하다.

여기에서 권능이 금화, 소년이 나다.

나는 지금 막 권능을 얻었을 뿐인 약자다. 다른 권능을 지닌 강자들이 과연 날 죽여서라도 이 권능을 탈취하고자 마음먹지는 않으리라고 막연히 믿을 정도로 내가 세상을 모르지는 않는다.

"지금보다 훨씬 적극적으로 숨어 다녀야겠어……."

뭐 어쨌든, 얻은 건 얻은 거다. 나는 새로 얻은 권능 스킬의 설명을 들여다보았다.

[징벌의 권능]
—등급: 권능(Power)
—숙련도: 연습 랭크
—효과: 죄를 저지른 자를 벌하라.

스킬 설명을 읽고 나서야 나는 왜 로제펠트가 키르드를 제물이니 뭐니 불렀는지, 키르드가 왜 내 앞에서 얼쩡거렸는지 비로소 온전히 이해할 수 있게 되었다. 그 눈 가리고 아웅은

이 권능 스킬의 발동 조건을 만족시키기 위한 것이었다.

"거참……."

본래대로라면 정의롭게 행사되어야 할 이 권능을 사악하기 그지없는 방식으로 악용한 로제펠트의 창의력에 감탄을 해야 하나?

이 스킬의 발동 조건은 농담으로라도 만족하기 쉽다고 말할 수 없었다. 로제펠트가 머리를 굴리고 굴린 결과물이 무고한 소년을 제물로 내세우는 거였을 정도니 말이다.

"숙련도를 올리기가 쉽지는 않겠군."

나는 입맛을 다셨다. 그런데 그때였다.

─동일 계열 스킬을 2개 이상 소유하고 있습니다.

─[징벌의 권능], [뇌신의 징벌]

─동일 계열 스킬은 서로 합성시킬 수 있습니다. 합성하시겠습니까?

[주의!] 합성에 사용한 스킬은 다시 얻을 수 없습니다.

스킬 합성이 가능하다는 메시지가 떴다. 오, 그럼 당장 해야지. 그렇게 생각하면서 봤더니, 합성에만 소모되는 스킬 포인트가 네 자릿수에 달하는 것을 발견했다.

"음."

나는 스킬 합성 인터페이스를 시야에서 치웠다. 역시 신화급 스킬과 권능급 스킬의 합성은 쉽지 않은 일이군. 이건 뒤로 미뤄두자.

물론 연습 랭크로 내버려 두면 그만큼 권능 스킬의 활용도가 떨어지겠지만, 애초에 적의 악행을 목격해야 진정한 능력을 끌어낼 수 있는 이 스킬이 내게 얼마나 유용할지도 사실 불분명하다. 오죽하면 로제펠트도 무고한 소년을 제물로 써서 활용했겠는가.

애초에 이 권능 스킬을 어떻게 활용할지에 대해서는 나중에 생각해도 된다. 내 경우엔 권능이 이것만 있는 것도 아니니 목숨 걸고 조건을 만족시키고자 발악할 이유도 크게 없기도 하고 말이다.

"그보다는……."

짧은 한숨을 내쉰 후, 로제펠트에게 철저하게 짓밟혀 바닥의 진흙과 뒤섞여 버린 키르드의 시체… 라기보단 흔적에 가까운 것을 바라보았다.

보기엔 좀 그래도 일단은 부활이 가능한 조건은 갖춰져 있다. 시체가 존재는 하고, 아직 매장되지 않았으며, 죽은 지 사흘이 지나지 않았다.

"자, 어쩐다."

나는 인벤토리에서 [백년백련의 씨앗]을 꺼내 들었다.

"이거, 비싼 거지."

어차피 [넥타르]를 마신 탓에 휘발될 포지티브 카르마였지만, [1UP 코인] 하나를 더 사는 대신에 챙긴 씨앗이다. 허언이나 과장이 아니라 말 그대로의 의미로, 내 목숨 하나와 가치가 같다. 실제 가격은 그 10배였지만, 기회비용이라는 관점에서 보자면 그렇단 소리다.

"흐음."

이걸 키르드에게 쓴다, 라.

"솔직히 아까워하는 게 이상한 거지."

키르드는 날 감싸고 죽었다.

그러니까 되살린다.

이미 결정은 내린 바였다.

게다가 나는 키르드로부터 이 씨앗의 대가를 톡톡히 받아낼 생각이었다. 그리고 국밥의 값도 청구해야지. 무려 5성 요리니.

생명의 은인에게 목숨값을 청구한다는 건 참 양심 없는 짓거리지만, 뭐 어떤가. 내 맘이다.

더욱이 내가 원하는 대가는 당연히 황금 따위가 아니었다. 스킬, 오로지 스킬뿐이었다.

사실 강매나 다름없지만, 뭐 어떤가. 지금 이 주변에 날 말릴 사람은 존재하지 않는다. 법도 없고 경찰도 없다. 설령 나타난다 한들, 그때쯤엔 이미 이 부당 거래는 끝나 있을 것이다.

나는 [백년백련의 씨앗]을 사용했다.

＊　　　＊　　　＊

"…어?"

키르드는 고개를 갸웃거렸다. 눈을 두 번 깜박거린 후, 키르드는 주변을 둘러보았다. 이진혁의 모습이 보였다. 주섬주섬 자리에서 일어난 그는 이진혁의 눈치를 보다가, 어색한 말투로 이런 질문을 던졌다.

"저, 살아 있네요?"

"아냐."

이진혁은 곧장 고개를 저었다. 이진혁의 표정을 들여다보았지만, 키르드는 그가 무슨 생각을 하고 있는지 감도 잡을 수 없었다.

'분노? 슬픔?'

그런 편린들만 조금씩 느껴질 따름이었다.

"[백년백련의 씨앗]이라고 알아?"

그렇기에 이진혁의 그런 물음은 키르드에게 있어 뜬금없는 것일 수밖에 없었다.

"아뇨……."

솔직한 대답이었다. 그는 [백년백련의 씨앗]이 어떤 물건인지 전혀 몰랐으니까. 그런 키르드의 대답에, 이진혁은 곤란한 듯 뒷머리를 긁었다.

"아, 그럼 이야기가 조금 길어지는데……. 그럼 카르마 마켓에 대해서는 아냐?"

"그건 알아요."

키르드는 곧장 고개를 끄덕였다. 영 이해가 안 가는 지금 상황에서, 아는 게 하나 나오니 반가웠다. 그런 키르드의 대답이 기꺼운지, 이진혁은 고개를 두 번이나 끄덕이며 말했다.

"그럼 [백년백련의 씨앗] 사는 데 포지티브 카르마 1,000점 들었다고 하면, 얼마만 한 가치인지는 대충 짐작이 가냐?"

"어… 사람 목숨 만 개 정도 가치겠네요."

"잘 알고 있군."

이진혁은 하얗게 웃었다.

"그걸 널 살리느라 썼다."

키르드는 순간적으로 이진혁이 무슨 말을 했는지 도무지 이해를 할 수가 없었다.

"…네?"

"널 살리느라 썼다고. 포지티브 카르마 1,000점짜리 아이템, [백년백련의 씨앗]을."

자세하게 설명해 준 건 고맙지만 여전히 이해할 수가 없었다.

"어, 어째서……."

Chapter 7

어째서 나를 되살리신 겁니까?

미처 끝까지 이어지지 않은 키르드의 말에 이진혁은 입술을 삐죽거렸다.

"대가는 받아낼 거다."

"아, 아뇨. 그게 아니라……"

키르드는 고개를 숙였다. 더 이상 이진혁의 얼굴을 똑바로 볼 수가 없었다.

"저한테 그런 가치는 없어요."

'로드' 로제펠트의 권능 스킬을 발동하기 위한 제물. 대체품은 얼마든지 있는 소모품. 그것이 키르드였다.

죽어서야 비로소 가치를 발휘하는 존재인데, 이런 걸 되살
리다니.

키르드는 도무지 이해가 안 갔다.

"그 정도의 대가를 지불할 능력도 없고요."

포지티브 카르마가 1,000점이라니. 금화로 환산하면… 얼마
지? 정해진 배율 따위는 없지만, 아무리 적게 잡아도 만 개는
된다. 포지티브 카르마 1점에 말이다. 금화 백만 개에 목숨을
하나 사들일 수 있다면 누구라도 사들일 테니까.

키르드는 정신이 멍해지는 것 같았다.

"아니, 있다."

그러나 키르드의 생각과 달리, 이진혁의 대답은 곧바로 돌
아왔다.

"넌 날 한 번 살렸으니까."

그제야 키르드는 자신이 왜 죽었는지 떠올릴 수 있게 되었
다.

"아."

이진혁을 감싸고 죽었다.

왜? 어째서?

이유 같은 건 그 자신도 몰랐다. 정신 차리고 보니 그렇게
하고 있었다. 그게 전부였다.

그냥 죽고 싶어서 그랬던 게 아닐까? 생각했지만 좀 더 생
각해 보니 그것도 아니었다. 드래곤 국밥을 맛본 후부터는 키

르드도 더 이상 목숨을 쉽게 내던질 수 없게 되었으니.

"넌 내 목숨이 얼마나 비싼지 모를 거야."

이진혁의 낮은 웃음소리가 들렸다.

"세상에서 가장 귀중하지. 적어도 나한텐 그래."

그러니까 되살렸다. 그 말까지 이어지지는 않았다. 그러나 평생 눈칫밥을 먹고 살아온 키르드는 이진혁이 일부러 끝까지 하지 않은 말까지 파악해 냈다. 그리고 그 모순 또한 쉽게 눈치챘다.

"…포지티브 카르마 1,000점이면 [1UP 코인] 10개는 살 수 있잖아요?"

태어나서 지금까지 한 번도 카르마 마켓이라는 곳에 들어가 본 적도 없지만, 기이하게도 [1UP 코인]의 가격만큼은 숙지하고 있었다. 아무도 가르쳐 주지는 않았지만 눈치껏 습득한 정보였다.

"쓸데없이 아는 게 많군. 정작 중요한 건 모르는 주제에."

이진혁이 불쾌한 듯 이죽거렸다.

"그런 건 됐으니 대답이나 해."

"대, 답이요?"

영문을 모르겠다. 키르드는 고개를 갸웃거렸다.

"그래, 내 질문에 대한 대답 말이다."

"죄송합니다만, 질문하셨나요?"

"아니, 아직."

이진혁은 뻔뻔하게 웃었다.

"자, 그럼 이제 질문한다?"

"제가 대답할 수 있는 질문이라면, 대답하겠습니다."

"네가 대답할 수 있는 질문일 거야."

이진혁은 크흠, 크흠 헛기침을 해 한 번 목을 가다듬었다.

"왜 날 감쌌지?"

"예?"

"네 주인, 로제펠트의 공격으로부터 말이야."

로제펠트! 로드! 그제야 키르드는 그의 모습이 어디에도 보이지 않는다는 사실을 깨달았다.

"그는 죽었다."

묻지도 않았는데, 대답이 돌아왔다.

"내가 죽였지."

키르드에게 걸려 있던 세뇌는 이미 풀려 있었다. 키르드는 더 이상 로제펠트를 위해 아낌없이 목숨을 내던지겠다고 생각하지 않는다. 그러니 로제펠트를 죽였다는 이진혁에게 악감정을 지닐 이유도 없었다.

"…그렇군요."

다만 키르드는 자신을 학대하던 보호자가 죽은 것에 대해 다소간의 허망함을 느꼈다. 자신이 왜 그런 감정을 느끼는지도 모르는 채.

"질문에 대답이나 해라."

그런 키르드에게 이진혁이 대답을 종용했다. 질문이 뭐였지? 오래 생각할 필요는 없었다. 문제는 그다음이었다.

"…저도 몰라요."

"뭐?"

"정신 차리고 보니 몸을 던지고 있었어요. 그럴 생각은 없었는데."

키르드는 솔직하게 대답했다.

"생각하고 한 게 아니었어요."

"…그렇군."

이진혁은 그의 대답이 별로 만족스럽지 않은지 입술을 삐죽거렸다.

"하지만 제 생각엔, 아마도 그런 걸 거예요."

"응? 그런 거?"

"개도 자기 밥 주는 사람은 안 물죠."

개를 키워본 적은 없지만, 아마 그럴 것이다. 키르드는 그렇게 생각했다.

"아마 개 같은 이유였을 거예요."

키르드는 그렇게 말하고, 스스로 납득했다.

＊　　　＊　　　＊

안젤라와 케이, 그러니까 케찰코아틀은 꽤 멀리까지 도망쳐 있었다.

이야기를 들어보니, 내가 죽은 직후에 도망쳤다고, 내가 부활하고 나면 [귀환의 돌]로 다른 데 가버릴 줄 알았다고 안젤라는 변명처럼 말했다.

그녀는 지레 찔렸는지 꽤 미안해했지만, 사실 그녀의 판단은 적절한 판단이었다. 괜히 전투에 휘말려 억울하게 죽어나가느니 도망치는 게 낫지. 게다가 실제로 나도 [넥타르]를 마시지 않았더라면 [귀환의 돌]로 도망을 선택했을 가능성이 높았으니까.

뭐 그건 그렇고.

나는 그들에게 키르드를 소개했다.

"이 아이는 키르드라고 한다."

"키르드 하워드라고 해요. 만나서 반가워요!"

키르드는 천사 같은 목소리와 표정으로 그렇게 자기소개를 했다. 나는 키르드의 어깨에 손을 얹으며 말했다.

"앞으로 우리랑 같이 다니게 될 거다. 인사해 둬."

"네?!"

그 반응은 의외로 키르드로부터 돌아왔다.

"왜 네가 놀라는 거냐? 키르드."

"아뇨……. 그런 말씀은 안 하셨잖아요."

"그랬군. 맞아."

그러고 보니 키르드에겐 미리 전달해 뒀어야 했나? 아니, 지금 전달하면 되지. 아, 방금 전에 전달한 거나 마찬가지니 된 건가? 된 거지. 그럼 됐다.

"아무튼 인사해라."

그러자 안젤라와 케이가 각자 자기소개를 했다.

"아, 안녕. 난 안젤라야. 안제라고 불러도 돼."

"난 케이."

"안젤라 님, 케이 님. 숙지했습니다. 앞으로 잘 부탁드립니다. 명하실 것이 있으면 뭐든 말씀해 주십시오."

만나자마자 하인처럼 말하는 키르드의 대응을 보고 안젤라는 눈을 동그랗게 떴고, 케이는 만족스러운 듯 고개를 끄덕였다. 이걸 그냥 두면 안 되겠군.

"아니, 키르드. 난 널 하인으로 고용한 게 아니다."

"네? 하지만……."

"우린 그냥 일행이다. 같이 다니는 것뿐이지, 상하 관계가 있는 건 아니야."

내가 그렇게 선언하자, 키르드가 눈을 크게 떴다. 공교롭게도, 눈을 크게 뜬 건 키르드만이 아니었다.

"하지만 마스터, 전 마스터를 섬깁니다만."

"선배가 제 윗사람인데요? 어떻게 상하 관계가 없어요?"

케이와 안젤라가 즉각 반발했다. 꽤 멋있게 선언했다고 생각했는데, 주변 반응이 이래서야…….

"…그래, 그럼 나만 윗사람이다."

내가 뒤늦게 선언하자, 그제야 납득한 듯 키르드는 고개를 끄덕였다.

"알겠습니다, 로드."

"로드?"

"죄송합니다. 버릇이 되서……. 잘 부탁드립니다. 주인님."

"…그냥 로드라고 불러라."

'로드'가 그래도 주인님보다야 낫군.

"네, 로드!"

키르드는 어째선지 크게 안심한 표정으로 대답했다.

*   *   *

이제부터 취해야 할 행동과 앞으로의 목적은 다음과 같다.

주변 탐색을 통해 인류연맹에게 지금 우리가 있는 차원의 정확한 좌표를 전달하는 것. 정확한 좌표를 전달해 주면 연맹 측에서 포탈을 열어줄 거고, 우린 그걸 통해 탈출하면 된다.

그 전까지는 최대한 트러블을 일으키지 말고 잘 숨어 다녀야 한다.

중요한 건 숨어 '다녀야' 한다는 것. 그냥 숨어만 있으면 안된다. 교단의 세력권인 이 변경 차원, '신 가나안'에서 탈출하지 않으면 진정한 의미에서 안전을 손에 넣었다고는 할 수 없으니까.

그러니 우리가 다음으로 향할 곳은 조건이 어느 정도 정해져 있었다.

"등산이다!"

산으로 간다! 숨을 곳도 많고 고도가 높아 시야 확보에도 용이하니까.

물론 정말 등산을 해버리면 적의 시야에 그대로 노출될 테지만, 그냥 높은 곳을 향해 기어 올라가는 게 아니라 계곡 같은 곳을 찾아다니며 이동과 엄폐를 병행할 생각이다.

다행히 멀지 않은 곳에 산이 있었다. 산세가 지구의 킬리만자로를 연상시키는 구석이 있는, 산머리에 하얀 눈을 덮고 있는, 아마도 휴화산이었다.

그냥 숨어드는 것만 생각하자면 설원 엘프들이 살고 있었던 험준한 산맥 쪽이 숨어드는 편이 더 나았겠지만, 그쪽은 이미 탐색을 마친 데다 너무 멀다. 선택지는 제한되어 있었고, 우리는 킬리만자로처럼 생긴 산으로 갈 수밖에 없었다.

일행 모두가 비행 능력을 지니고 있었기 때문에, 우리는 저공비행으로 빠르게 평야 지대에서 탈출했다. 몸을 숨길 곳이 딱히 없는 곳이기에 조용히 움직이는 것보다 빨리 이탈하는 것을 선택한 결과였다.

리스크를 감수하고 한 선택이었지만, 다행히 별다른 사건사고 없이 우리는 킬리만자로처럼 생긴 산에 도착했다.

산 중턱에 눈에 잘 띄지 않는 틈새를 발견하고, 나는 일행을 그리로 이끌었다.

"일단 오늘은 여기서 적당히 쉬자."

직감의 반응도 조용했고, 주변에 위험 요소는 없어 보였다. 이쯤에서 정비와 휴식을 겸하는 것이 좋을 것 같아 내린 결정이었다.

드래곤 국밥을 먹고 얻은 경험치로 레벨 업을 하기도 했고 로제펠트를 죽이고 얻은 경험치로도 레벨 업을 해서 솔직히 몸은 멀쩡했지만, 오랜만에 한 번 죽기도 해서 심적으로 피로가 조금 쌓여 있었다.

게다가 단기간에 확 레벨을 올린 탓에 새로 얻은 스킬도 많았다. 상태창을 들여다보며 정비를 할 시점이긴 했다.

그리고… 혹시 모르지만 인류연맹으로부터 어포슬을 잡은 보상을 얻을 수 있을지도 모르니 일단 보고를 해둬야겠지.

어포슬 로제펠트. 정확하게 따지자면 그는 교단 소속이 아니니, 아마 보상을 바라긴 힘들 터였다.

뭐, 그래도 혹시 모르니까. 되면 좋고 안 되면 말고. 그런 심정으로 나는 레벨 업 마스터를 켰다.

─오랜만에 뵙네요, 대영웅님!

켜자마자 크리스티나가 날 반겼다.

"오랜만이라고 할 정돈 아닐 텐데."

─뭐, 그렇긴 하지만요.

크리스티나는 헤헤 웃었다. 그냥 해본 소리였던 모양이다.

"어포슬을 잡았어."

나는 그런 그녀에게 바로 본론을 내질렀다.

—진짜요?!

효과는 굉장했다!

"뭐, 교단 소속은 아니지만. 교단의 하청을 받아서 일하고 있다고 본인이 직접 증언하더군. 자세한 건 전투 로그를 확인해 줘."

—아, 알겠습니다! 그럴게요!!

내가 분명 교단 소속이 아님을 분명히 했음에도, 크리스티나의 반응은 조금도 수그러들지 않았다. 이거, 어쩌면 보상을 기대할 수 있을지도 모르겠는데? 그런 기대감에, 나는 조용히 크리스티나의 반응을 기다렸다.

—확인했어요, 대영웅님.

내 기대와는 달리, 크리스티나의 반응은 침중해져 있었다. 아, 역시 안 되는 건가. 나는 기대감을 접으며 크리스티나의 말에 대꾸했다.

"그래? 어때?"

—이 로제펠트 합트크누플이라는 자는 각 세력에 공개수배된 범죄자예요.

"공개수배? 범죄자?!"

플레이어의 세계는 무법자의 세계 아니었던가. 법치주의가 아직 남아 있었나? 하긴 지금 내가 머물고 있는 세계 자체가 변경이라 이 모양 이 꼴인 건지도 모르겠지만, 새삼 범죄자란 단어를 들으니 위화감이 장난 아니었다.

—어린 소년이라면 세력을 가리지 않고 납치한 유괴범이거든요. 보호자를 협박해서 금품을 요구하는 단순 유괴범이 아니라, 소년을 제물로 쓰는 악독한 스킬을 사용해 사람을 죽이는 끔찍한 범행까지 저질렀어요.

그 범죄 수법에는 나도 당할 뻔했지. 만약 내가 키르드를 죽였다면 이 자리에 숨 쉬고 있는 건 내가 아니라 로제펠트였을 것이다.

—이건 특종이에요! 교단에서 이런 범죄자를 부려 일을 꾸몄다는 게 밝혀지면 세상이 발칵 뒤집힐 거예요!!

뭐, 일이 그렇게 쉽게 돌아가지는 않을 것이다. 하청 좋은 게 무언가? 문제가 생기면 언제든지 잘라내고 책임 전가가 가능하다는 점이다. 이건 부려 먹혔던 로제펠트 본인이 직접 털어놓은 이야기다.

하지만 난 굳이 이런 이야기를 해서 크리스티나의 기분을 망치지는 않았다.

"그럼 각 세력에 내걸린 현상금은 내가 받아먹을 수 있는 건가?"

—물론이죠! 이 레벨 업 프로듀서 크리스티나에게 맡겨주세요. 사실은 이런 업무 대행이 제 본업이랍니다!

아하, 그러고 보니 크리스티나는 내 프로듀서였지.

―한 가지 아쉬운 점은 피해자 소년들을 구해냈다면 더 좋았을 텐데… 네요. 좀 속물적인 이야기지만, 로제펠트는 고귀한 혈통의 아름다운 소년들을 선호해서, 구해낼 수 있었다면 몸값이 상당했을 거예요.

＊　　　＊　　　＊

"그래? 일단 한 명은 구했는데."

―네?! 누군데요?

나는 키르드 쪽을 바라보았다.

"본인은 키르드라 하더군."

―키르드? 잠시만요. 좀 찾아볼게요.

크리스티나는 태블릿 컴퓨터처럼 보이는 작은 판을 들어 뭔가 입력하기 시작했다.

―…어, 대영웅님?

"왜?"

―그 키르드라는 분, 존안을 혹시 보여주실 수 있나요?

키르드라는 분? 존안? 크리스티나의 바뀐 어투가 살짝 신경 쓰였지만, 난 더 별말 않고 그냥 레벨 업 마스터의 화면을 돌려 키르드를 보여주었다.

―헉.

"왜?"

─저, 대영웅님.

크리스티나의 목소리가 급속히 낮아졌다.

"왜 그러는데?"

─혹시 저분 왼쪽 어깨 뒤에 삼각형을 두 개 겹친 모양의 표식이 있는지 확인해 주실… 수 있으… 세요?

"그거야 어렵지 않지."

─어렵지 않다뇨! 아, 아뇨. 부탁드립니다.

얘가 자꾸 왜 이러지?

아니, 사실 나도 대충 눈치는 챘다. 만약 크리스티나가 말한 대로 키르드의 왼쪽 어깨 뒤에 특별한 표식이 나타나 있다면, 그는 모르긴 몰라도 대단한 인물의 태생이리라.

나는 키르드를 불러 옷의 등 부분을 잡아당겨 어깨 뒤를 확인했다. 그러자 아나나 다를까, 크리스티나가 말한 대로 삼각형이 두 개 겹쳐진 표식이 제대로 새겨져 있었다.

"있어."

─이럴 수가……. 그렇다면 그분은 하워드 가문 적장자의 혈통인 키르드 하워드 님이세요!

응? 그 이름……. 어디서 들어본 것 같은데?

"아, 그러고 보니 내게 처음 이름을 밝힐 때 키르드 하워드라고 했었어."

─그걸 처음에 말씀하셨어야……. 아뇨, 아닙니다.

흥분하려던 크리스티나는 애써 자신의 흥분을 가라앉히며

머리를 흔들어 대었다.

"뭐야, 그렇게 대단한 가문이야?"

—대단한 가문이죠! 인류연맹의 초석을 닦은 세 가문 중 하나인 걸요!! 연맹은 왕국도 아니고 귀족 정도 아니지만, 그래도 굳이 비유하자면······.

"왕세자 정도 된다는 소리로군."

크리스티나는 고개를 끄덕였다.

—그 정도 되겠죠. 물론 인류연맹의 지도자 자리는 혈연으로 대물림 되는 건 아니니 딱 들어맞는 건 아니지만요. 그래도 유력 가문의 후계자는 결코 적지 않은 영향력을 발휘할 수 있어요.

"네가 키르드에게 높임말을 쓰는 이유도 그거겠군."

인류연맹도 인류다. 지구 인류 사회에서 일어났던 일이 인류연맹이라고 일어나지 말란 법은 없다. 아니, 오히려 빈번히 일어난다고 이해하는 편이 더 낫겠지.

—하워드 가문은 이미 키르드 님을 확보해 오는 인물에게 가문의 은인 칭호를 부여하고 결코 적지 않은 보상을 약속한 바 있어요. 만약 대영웅님께서 키르드 님을 데리고 무사히 연맹으로 돌아오시게 되면 그 보상은 대영웅님의 것이 되겠죠.

"뭐, 갈 수 있다면 말이지."

—오실 수 있을 거예요.

크리스티나는 강한 어조로 말했다. 그 얼굴을 보고 있으려니 근거는 있냐고 묻고 싶어졌지만, 굳이 묻지는 않았다.

*　　*　　*

크리스티나는 로제펠트에게 걸린 각 세력의 현상금을 수령해서 내게 전해주겠다고 했다. 그리고 하워드 가문에도 연락하겠다고 말했다. 나는 그러라고 했다.

"후……."

레벨 업 마스터를 집어넣은 나는 긴 한숨을 내뱉었다.

별 기대는 안 했는데 생각보다 꽤 괜찮은 보상을 받을 수 있어서 다행이라고 해야 하려나?

"키르드."

"네, 로드."

"널 네 집에 보내줄 수 있을 것 같다."

"……."

키르드는 한동안 침묵했다.

"저는 잘, 모르겠습니다."

"그래? 네 출생에 대해 기억 안 나나? 역시 로제펠트가 네 기억을 지워 버린 건가? 아니면……."

"아뇨, 아닙니다. 그런 건 다 치유되었습니다. 로드께서 주신 [드래곤 국밥]으로요."

아, 역시 그랬던 건가. 어째 국밥 먹고 갑자기 태도가 바뀌었다 했어. 괜히 캐묻지는 않았지만 대충 그런 것이라고 추측은 하고 있었다. 로제펠트에게서 받았던 세뇌가 국밥 덕에 풀린 것이리라고 말이다.

"그 국밥 맛있어 보였지."

"네, 안제. 사실 저도 먹고 싶었어요. 드래곤 국밥."

옆에서 안젤라와 케이가 소곤대는 소리가 들렸다. 나는 무시했다.

"그렇다면 가문으로 돌아가기가 싫은 건가?"

내 말에 키르드는 잠시 망설이다가 답했다.

"…제가 가문으로 돌아가지 않으면, 로드께 폐를 끼치는 것이 되겠죠."

그 답에 나는 고개를 젓지 않았다. 대신 이렇게 물었다.

"그 말은 싫다는 의미로 받아들여도 되는 건가?"

"로드의 결정에 따르겠습니다."

이번엔 망설이지 않았다. 그 눈빛에는 각오가 엿보였다. 어린애 주제에 비장한 척 하기는. 나는 씨익 웃으며 말해주었다.

"싫다는 소리네."

"……."

키르드는 말없이 내 시선을 피했다. 소년다운 반항 끼였다. 그런 반응이 묘하게 귀여워서 나는 소리 내어 웃어버리고 말았다.

"어차피 나중 이야기다. 이 변경 차원에서 인류연맹으로 통하는 포탈을 여는 게 그리 쉬운 일은 아니지. 천천히 생각해라."

"제가 생각할 일은 없습니다. 전 그저 따를 뿐입니다."

소년다운 나이브함에, 나는 웃음을 그치고 짐짓 진지한 척 말해주었다.

"그래? 그럼 내 말에 따라라."

나는 키르드를 향해 씨익 웃어주었다.

"생각해. 너 스스로 네가 어떻게 할 건지, 뭘 어떻게 하고 싶은지에 대해서 말이야."

"…알겠습니다."

입을 뻐끔거리던 키르드는 결국 내 말에 그렇게 대답할 수밖에 없었다. 훗, 귀여운 녀석.

*　　　*　　　*

야전 마법포병 레벨이 올랐다.

그것도 많이.

드래곤 국밥으로만 10레벨이 올랐다.

아니, 아무리 그래도 이거 너무 심한 거 아냐?

하지만 국밥은 충분히 맛있었고, 양도 충분히 많았다. 내 특성인 [미식의 대식가]에 딱 맞는 한 끼였던 셈이다.

게다가 애초에 내 포병 레벨은 8레벨로 낮았으니, 폭렙도 당연하다고 볼 수 있었다.

그리고 로제펠트를 죽임으로써 2레벨이 올랐다. 이건 플레이어를 죽여서 얻을 수 있는 경험치가 2레벨 분량으로 한정되어 있는 탓이었다. 상한이 있고 없고의 차이가 참 크다.

그래서 지금의 내 야전 마법포병 레벨은 20레벨, 어느새 만렙에 달했다.

2차 직업으로의 전직이 일반적이겠지만, 내겐 한계돌파가 있으니 여기서 레벨을 더 올릴 수도 있다. 그렇게 40레벨까지 올리면 대가급 스킬로 묶이겠지. 반격가처럼 말이다.

그런데 내가 2차 직업을 포기하고 1차 직업인 야전 마법포병의 레벨 업을 고집한 건 스킬 포인트를 모으기 위해서였다. 필요 경험치가 확 늘어나는 20레벨 이상의 레벨 업을 노리는 건 아무래도 본말전도다.

그러니 스킬 포인트를 최대한 확보하자는 의도대로 가자면 여기에서 또 다른 1차 직업으로 전직해 레벨을 올리는 게 빠르긴 할 터였다.

그래도 또 여기까지 오니 생각이 또 달라진다. 스킬 포인트가 필요한 건 이전과 같지만, 그냥 잡다한 1차 직업 레벨 업으로 경험치를 낭비하는 건 좀 그렇다.

야전 마법포병도 고르고 골라 올린 직업인데, 이것보다 더 나은 직업이 있을까? 아니, 없다. 전직 가능한 1차 직업 리스트는 이미 다 훑어봤으니 단언이 가능하다.

게다가 슬슬 나도 2차 전직을 경험해 보고 싶은 마음도 생겼다.

"흠……."

이런 건 혼자 고민하는 게 아니지.

도와줘요, 컨설턴트!

―불러주셔서 감사합니다. 연맹의 대영웅님.

주리 리가 오랜만에 내 앞에 나타났다. 아니, 내 앞이라 해봤자 레벨 업 마스터의 화면 안이지만. 이럴 땐 역시 전문가와 상담하는 게 제격이다.

자아, 그런데 문제는 이번 상담 내용이다. 지금 생각할 수 있는 내 진로는 크게 3가지.

1. 포병 2차 직업으로 전직.

2. 다른 1차 직업으로 전직.

3. 이대로 포병을 40레벨까지 육성.

3번의 선택지를 덮어두고 상담하는 것도 가능은 하다. 그러나 그게 과연 옳은 일일까? 잠깐 고민했지만, 이번 상담에 내 고유 특성을 밝히지 않는 건 말이 안 된다는 결론에 이르렀다.

그래서 나는 뒤늦게나마 주리 리에게 내가 모종의 방법으로 레벨 한계를 뛰어넘을 수 있음을 밝혔다.

―그러셨군요. 대영웅님께 그런 능력이 있으셨으니……. 모든 것이 설명되는군요.

"미리 말 안 해줘서 미안해."

역시나 뻘쭘하다. 나는 뒤늦게나마 사과의 말을 건넸다. 그런데 주리 리의 반응은 내 예상하고는 조금 달랐다.

―아뇨, 당연한 일입니다. 더불어 현명한 판단이었습니다. 그리고 지금은 기쁩니다. 이제는 이 주리 리를 믿어주신다는 뜻이기도 하니까요.

그렇게도 생각할 수 있는 건가. 아니, 이건 주리 리가 특이한 거겠지. 크리스티나는 몰라도 링링이었으면 벌써 날뛰고도 남았다. 그래서 나는 변명처럼 이런 말을 덧붙였다.

"널 못 믿어서 밝히지 못한 게 아니야. 그냥 나는 내 이런 능력을 누구에게도 알리지 말라고 교육받았거든."

아직 튜토리얼 세계에마저 입장하지 못했을 시절, 지구의 플레이어 교육 센터에서 말이다.

―이해합니다. 좋은 스승을 두셨군요.

아니, 사실 튜토리얼 세계에 들어와서 그 교육 내용을 상기해 보니 별로 좋은 교사였다는 생각도 안 들었지만. 뭐 그거야 지금 와서 성토해 봐야 아무런 의미도 없는 일이다.

―하지만 대영웅님께 그런 능력을 소유하고 계시더라도, 저는 2차 전직을 한 번쯤은 경험해 보시라고 권고해 드리고 싶습니다.

전문가 주리 리 선생님께서는 1번 선택지를 추천하시는 모양이었다.

"역시 그런가?"

사실 나도 예상은 했었다. 게다가 여기서 1차 직업에만 주저앉아 있는 건 나로서도 별로 기분 좋은 일은 아니다.

─그렇습니다. 1차 직업과 2차 직업은 완전히 다른 차원의 것이니까요. 일단 레벨 업마다 오르는 능력치도 차원이 다를 뿐더러, 직업 스킬의 위력과 효율도 완전히 달라집니다. 그리고 평범한 플레이어라면 신경 쓸 것은 아니지만, 능력치의 상한도 더 높아집니다.

나는 귀를 의심했다. 내가 아예 생각지도 못한 변수가 거론됐기 때문이었다.

"능력치의 상한이 높아져?"

─네. 잘 알려진 사실은 아니지만, 일반적인 1차 직업의 플레이어는 능력치 상한이 99로 정해져 있습니다. 하지만 2차 직업의 플레이어는 그 상한이 255로 높아지게 됩니다.

왜 또 255야? 이놈의 시스템은 16진법을 얼마나 좋아하는 거야? 태클을 걸고 싶은 마음은 하해와도 같지만 그보다 중요한 건 능력치의 상한이 풀린다는 사실 그 자체다.

내 능력치는 모조리 99+로 막혀 있다.

비록 한계돌파 덕에 상한을 넘어서도 성장이 가능했지만, 문제는 제대로 표기가 안 되니 내 능력치가 얼만지 제대로 알 수가 없고 잔여 미배분 능력치도 배분이 불가능하다는 점이다.

그렇기에 별 고민 않고 잔여 미배분 능력치를 행운에다 쭉 쭉 밀어 넣을 수 있었던 거고, 돌이켜 보면 그 결정은 결코 후회할 것이 아니었지만.

그래도 궁금하다. 내 능력치가 어느 정도인지 수치로 한번 가늠해 보고 싶다. 그런 욕망은 끊임없이 있었다.

그걸 왜 이제야 알려주냐고 따질 순 없는 노릇이다. 내 능력치가 모조리 99+라고 말한 적이 없으니, 주리 리도 알려줄 이유가 없었을 테니까.

하긴 지금 알았다고 손해 본 건 또 없지. 행운에다 투자한 건 정말 한 치의 후회도 없었고. 행운 대신 직감에다 투자했다면 좋았을 테지만, 정확하게 체크해 보진 않았어도 안다. 내 직감은 이미 255를 넘겼다. 어차피 투자 못 한다는 소리지.

뭐, 지금이라도 늦지 않았다. 해보면 되니까.

"좋아, 그럼 2차 전직을 하겠어."

─알겠습니다. 그럼 야전 마법포병에서 파생한 2차 직업에 대해 알려 드리겠습니다.

내가 고개를 끄덕이자 레벨 업 마스터의 화면에 2차 직업 리스트가 주르륵 떴다. 아니… 뭐가 이렇게 많아?

─야전 마법포병은 야전보병이자, 마법사이자, 포술사이니까요.

내 표정만 보고 내가 무슨 질문을 할지 알아채기라도 한 듯, 주리 리는 내게 그렇게 설명해 주었다. 그녀의 말을 듣고

리스트를 다시 보니 확실히 느낌이 왔다.

　─하나씩 설명을 드리겠습니다.

　나는 앉아서 주리 리에게서 현시점에서 전직 가능한 2차 직업에 대한 설명을 주르륵 들었다. 1차 직업 거의 대부분의 설명을 들었던 첫 전직 때보단 낫지만 그래도 꽤 귀가 지쳤다. 하나씩 설명을 들으면서 직감으로 체크하다 보니 정신적으로도 피로가 느껴졌고.

　듣기만 한 나도 이런데 주리 리는 얼마나 힘들까. 겉보기엔 전혀 힘들어 보이지는 않았지만 분명 힘들겠지. 그래도 이러한 주리 리의 노력은 헛되지 않아, 나는 적당한 2차 직업을 골라낼 수 있었다.

　그것은 바로 이 직업이었다.

＊　　　　＊　　　　＊

[포대 지휘자(Artillery Conductor)]

　─포대 지휘자는 화포 사격을 예술의 영역으로 끌어올리려는 이들입니다. 이들에게 있어 화포는 악기, 자신은 지휘자, 포격은 연주, 그리고 파괴의 결과물은 작품입니다. 다수의 화포를 지휘해 전장을 지옥으로 몰아넣을 이들이 추구하는 궁극은 [대파괴 오케스트라]. 최소한 20기 이상의 화포를 지휘할 수 있어야 연주할 수 있는 이 궁극의 악곡은 이들이 원하는 작품을 연출하기에 충분한

위력을 지니고 있습니다. 포대 지휘자로 전직하기 위해서는 보통 지휘자가 그렇듯, 지휘할 악기 연주자에 준할 정도의 연주 실력이 필요합니다. 이 경우에는 화포의 포술이 되겠군요!

　ー전직에 필요한 1차 직업: 포술가, 포병

　야전 마법포병도 포병에 포함되기에, 나는 포대 지휘자로 전직하기에 충분한 조건을 만족시키고 있었다. 그건 그렇고, 뭐야? 이 직업 설명은. 좀 미친 것 같은데. 당장 전직해야지.

　"전직하겠어."

　그렇게 나는 포대 지휘자가 되었다.

[동시 방열]

　ー등급: 희귀(Rare)

　ー숙련도: 연습

　ー효과: 2문 이상의 포를 동시에 방열시킬 수 있다.

　ー현재 동시 방열이 가능한 포 수: 2

[동시사격][패시브]

　ー등급: 희귀(Rare)

　ー숙련도: 연습

　ー효과: 2문 이상의 포를 동시에 사격시킬 수 있다.

　ー현재 동시사격이 가능한 포 수: 2

이 두 스킬이 포대 지휘자로 전직하면서 새로 얻게 된 스킬들이다.

아무리 2차 직업이라도 1레벨부터 T.O.T(Time on Target: 서로 다른 지점/시점에서 발사한 포의 포탄이 같은 타깃을 동시에 타격하게 만드는 포술. 동시탄착사격이라고도 한다)을 얻을 수는 없는 모양이군.

포 2문을 동시에 포격하는 게 고작이라고 느낄 수는 있지만, 어차피 숙련도를 올리면서 숫자가 늘어날 테니 깊게 생각할 필요는 없다. 애초에 직업 설명에서부터 20문 이상의 포를 동시에 쏴댄다고 했으니, 아마도 A랭크에서 20문이 되겠지.

그건 그렇고, 시작부터 패시브 스킬 두 개만 딱 주는 것에서 이게 2차 전직 스킬임을 느낄 수 있었다. 기본적인 포술은 그냥 1차 직업에서 얻을 수 있는 포술을 사용하라는 소리겠지. 다행히 포대 지휘자 상태에서도 야전 마법포병 시절에 얻은 스킬들도 사용이 가능했다.

야전 마법포병에서 포대 지휘자로 올라온 것이니 당연하다고 느낄 수도 있지만, 이런 식의 연계가 안 되는 2차 직업도 간간히 있으니 방심할 수 없다. 난 주리 리에게 설명을 다 받아서 이런 불상사는 일으키지 않았지만 말이다.

그럼 2차 전직을 했으니 내 능력치 표기 상한도 뚫렸을 거다. 나는 바로 능력치창을 열어 실태를 확인해 보았다.

이름: 이진혁

직업: 포대 지휘자

능력치

―근력: 255+

―강건: 255+

―민첩: 255+

―솜씨: 255+

―직감: 255+

―행운: 161

―마력: 255+

―내공: 20

"아니……."

내가 잘못 봤나. 나는 눈을 부비적거렸다. 하지만 부비적거리는 동안에도 시스템 메시지는 사라지지 않았다. 안구에 표시되는 게 아니니까 당연하지.

강건이나 직감은 내가 레벨을 올린 1차 직업들의 주 능력치니 그렇다 치자. 마력은 진리대주천을 너무 많이 돌린 결과일 테고.

하지만 다른 능력치들은 왜 255+인 거야? 짚이는 곳이 없는데.

이렇게 보니 내공 능력치만 너무 낮은 것 같은데, 내가 아직 [진리대마공]을 쓰고 있을 때 [진리자재]로 마력과 내공을 교환하다 마지막에 마력에 확 다 몰아넣어서 그렇다. 저 20은 그 뒤에 능력치 주사위로 나온 거고.

"아."

능력치 주사위.

그래, 그거였어.

"…주사위를 너무 많이 굴렸나?"

교단의 인퀴지터와 인스펙터, 그리고 쥬디케이터를 잡아먹고 인류연맹에서 뜯어낸 능력치 주사위를 나는 끊임없이 굴려왔다. 그것도 잔여 미배분 능력치를 행운에다 몰아넣으면서. 그렇다 보니 주사위 눈이 좀 잘 나오긴 했다. 솔직히 말하자면 정말 잘 나왔지.

아무리 그래도 이 정도였을 줄이야…….

뭐, 내게 나쁜 일은 아니다. 좋아할 일이면 좋아할 일이지.

"2차 직업으로 전직하길 정말 잘했군."

나는 그렇게 중얼거리며 내 남은 잔여 미배분 능력치를 모조리 행운으로 밀어 넣었다.

행운: 255

뿌듯하다. 이것만으로도 2차 직업으로 전직한 보람이 있다. 그러고 보니 단번에 야전 마법포병의 레벨을 12나 올리는 바람에 새로 얻은 스킬들을 체크할 시간이 없었다. 나는 야전 마법포병 직업 스킬창을 열어 확인했다.

[고속 이탈]
—등급: 일반(Common)
—숙련도: 연습
—효과: 신속히 방열한 포를 접고 진지를 이탈한다.

[탄흔지 역산]
—등급: 일반(Common)
—숙련도: 연습
—효과: 적 포탄이 떨어진 탄흔지를 보고 적 포병의 위치를 역산해 낸다.

각각 10레벨, 15레벨에 얻은 스킬들이다. 이 두 스킬은 대포병 전술로 내겐 큰 이득이 없어 보였다. 이젠 내게도 귀중해진 스킬 포인트를 낭비해 대며 숙련도 랭크 업에 골몰할 필요는 없는 셈이다. 차라리 다행이라면 다행이라고 해야 하려나.

그러나 20레벨 스킬은 다르다. 스킬 포인트가 마르는 이 와중에도 올려줄 가치가 있다.

[강화 마법포탄 생성]

—등급: 희귀(Rare)

—숙련도: 연습

—효과: 강화 마법포탄을 생성한다. 강화 마법포탄은 시전자의 마력 성질에 따라 성질이 바뀌며, 일반적인 마법포탄보다 20%+마력 능력치만큼의 피해를 더 준다. 5분마다 10개의 강화 마법포탄을 생성할 수 있으며, 20개까지 저장이 가능하다.

이 정도면 충분히 장래성이 있는 스킬이다. 원래 [마법포 발사]가 마력 기반 스킬인데, [강화 마법포탄 생성]은 여기다 마력 보조를 한 번 더 해줄 수 있다. 이걸 [동시사격]으로 동시에 쏘면 그만큼의 위력을 곱해줄 수 있는 셈이다.

"곱빼기는 언제 먹어도 옳지."

위장 한계돌파를 해낸 내 입장에선 더더욱 그렇다.

"자, 그럼 어디 한번 쏴볼까!"

나는 인벤토리에서 명화 '고요하고 안정된 광기'를 꺼내 들었다. 모습을 감추려고 산으로 온 건데, 포를 쾅쾅 쏴댈 순 없으니.

"너희들, 사이좋게 놀고 있어."

나는 나만 보고 있던 안젤라, 케이, 키르드에게 말했다.

"네, 선배."

"네, 마스터."

"네, 로드.

대답을 들은 나는 얼른 '고요하고 안정된 광기'으로 입장했다.

*　　　　*　　　　*

포를 쏘기 위해서는 포를 꺼내야 한다. 당연한 이야기다. 그래서 나는 내가 지닌 포이자 주 무기인 [3대 삼도수군통제사 대장선 천자총통]을 꺼내 들었다.

그러자마자 시스템 메시지가 이것만을 기다렸다는 듯 떠올랐다.

—[숨겨진 옵션] 개방!
—[숨겨진 옵션] 개방!

"뭐야?!"

나는 놀라서 [천자총통]을 내려다보았다.

아, 그러고 보니 이 전설급 유물에는 숨겨진 옵션이 두 개나 걸려 있었다. 무슨 짓을 해도 그동안 숨겨진 옵션이 개방된 적이 없어서 거의 까먹고 있었다.

나는 떨리는 손으로 [천자총통]의 세부 정보를 불러왔다.

[3대 삼도수군통제사 대장선 천자총통]
—분류: 무기, 유물(Artifact)

─등급: 전설(Legend)

─내구도: 1,000/1,000

─옵션: 공격력 +133, [포격] 계열 스킬 위력 +13레벨

─[숨겨진 옵션] new!

─[숨겨진 옵션] new!

─고유 사용 효과 [대장군전 사격]

ㄴ 천자총통으로 대장군전을 발사한다. 이때, 사용자의 포격 스킬에 영향을 받는다.

ㄴ 대장군전 사격은 적의 사기를 저하시키며 확률적으로 공포를 부여한다.

ㄴ 대장군전은 대형 이상 크기의 적에게 400% 추가 피해를 입힌다.

─설명: 전설적인 성웅이 13 대 133의 전투에서 승리를 거두었을 때 사용했다는 대구경 총통.

"오, 오오⋯⋯."

두 개의 숨겨진 옵션이 내가 개방하길 기다리고 있었다. 그런데 갑자기 왜, 무엇을 계기로 숨겨진 옵션이 개방된 걸까?

"2차 전직?"

그렇게도 생각할 수 있었다. 하지만 그보다도 와닿는 건 이거였다.

"넥타르를 마셔서 그런 건가?"

권능 스킬을 사용할 수 있는 신성을 단번에 쌓은 덕에 숨겨진 옵션도 개방되었다고 보는 것이 맞으리라. 그렇다면 설마 이 숨겨진 옵션도 권능급의 옵션인 걸까?

"그렇지는 않겠지."

권능급이 뉘집 애도 아니고.

뭐, 좋다. 뭘 계기로 열렸든 열린 건 열린 거다. 좋아할 일이다.

"야호!"

나는 더 이상 기다리지 못하고 숨겨진 요소를 개방했다.

―고유 사용 효과 [상유십이]: 12문의 [천자총통]을 추가로 얻는다. [상유십이]로 얻을 수 있는 [천자총통]의 수는 13문을 넘지 않는다.

"우왓!"

새로 얻은 고유 사용 효과의 설명을 읽은 나는 깜짝 놀랐다.

안 그래도 강력한 레전드급 유물인 [천자총통]을 12문이나 추가로 얻다니! 합쳐서 13문의 [천자총통]으로 기존의 13배에 달하는 압도적인 화력을 퍼부을 수 있다는 뜻이다. 이걸로 [강화 마법포탄 생성]으로 얻은 강화된 마법포탄을 쏘면 대체 어떤 일이 일어날까?

하지만 아직까진 그림의 떡이다.

"최대한 빨리 [동시사격] 랭크를 올려야겠군."

[동시사격]의 랭크를 올려 13문의 대포를 동시에 다룰 수 있어야 [상유십이]의 화력을 온전히 발휘할 수 있을 테니까.

이런 걸 보면 아무래도 [상유십이]를 얻게 된 건 [동시사격]을 얻은 덕분인 것 같긴 하다. 애초에 다룰 깜냥이 안 됐었으니 이 숨겨진 옵션도 숨겨진 채 있었던 것 같고.

나는 다음 숨겨진 요소를 개방해 보았다.

─고유 효과 [필사즉생]: 불리한 전투에 임해 도망치지 않고 일정시간 이상 싸웠을 경우 [필사즉생] 상태가 된다. [필사즉생] 상태에서는 아군의 전투력과 사기를 증진시키고 일정 시간 [즉사 무효] 효과를 부가하는 [충무] 오라를 방출할 수 있다. 이 오라는 도망치는 아군에게는 효과를 발휘하지 못한다. 지속 중 신성을 소모한다. 추가로 [필사즉생] 상태에서는 고유 스킬 [필생즉사]와 [울돌목]을 사용할 수 있게 된다.

└ 고유 스킬 [필생즉사]: 사용 후 전투에서 도망치는 적, 혹은 아군에게 사용하는 다음 공격 스킬에 [즉사] 속성을 추가한다. 이 공격으로 적이나 아군을 처치했을 경우 아군의 전투력과 사기가 오른다.

└ 고유 스킬 [울돌목]: 적을 밀쳐내고 이동 불가 상태로 만든 후, 위압 상태이상을 건다. 위압 상태이상은 적을 행동 불능 상태로 만든다. 이 공격으로 적을 처치했을 경우 가까이 있는 다음 적

에게 전염된다.

아, [필사즉생]을 얻은 건 분명 [넥타르] 덕이다. [충무] 오라
에 신성이 필요한 것만으로도 쉽게 추측해 낼 수 있었다.

신성을 필요로 하는 만큼 그 효과도 대단하다. 세상에, 주
변 아군에게 [즉사 무효]를 흩뿌리다니. 전투력과 사기는 얼마
나 상승하는지 봐야 알겠지만, [즉사 무효] 하나로도 충분하다.

그리고 [필사즉생] 상태에서 사용할 수 있는 두 고유 스킬
인 [필생즉사]와 [울돌목]은 간단하게 스킬 콤보를 떠올릴 수
있었다. [필생즉사]를 걸고 [울돌목]을 쏘면 [즉사] 속성으로 인
해 바로 적을 죽일 수 있다. 그럼 [울돌목]이 바로 주변 적에게
전염될 거고, 아군은 전투력과 사기가 오르는 일석삼조의 효
과를 바랄 수 있다.

문제는 불리한 전투라는 조건 단 하나뿐이다. 하긴 불리하
지 않은 전투에 이 정도 고급 효과까지 필요하진 않을 테니
큰 문제는 아닌가.

그동안은 내 사격 스킬이 미진해서 [천자총통]의 제 성능을
제대로 못 끌어내는 것도 맞았지만, 전설급치고는 성능에 살
짝 아쉬운 점도 있는 게 사실이었다. 알고 보니 이것마저도 내
탓이었다. 내가 [동시사격]과 신성을 너무 늦게 얻은 것이 문제
였다.

그러나 내가 자격을 갖춘 이상, 이 [천자총통]은 전설급 그

이상의 효용을 보여줬다. 전설급인데 신화급에나 있을 신성 소모 옵션이 붙은 것만으로도 확실히 오버 스펙이다.

"아니, 섣불리 판단하는 건 금물이지."

뭐든지 직접 써봐야 아는 법이다. 하지만 [필생즉사]는 불리한 전투에 임해야 하니 당장 써보는 건 무리겠고, 지금 쓸 수 있는 건 [상유십이]였다. 나는 [상유십이]를 발동시켰다. 그러자 내 인벤토리에 12문의 또 다른 [천자총통]이 즉시 나타났다.

나는 [동시 방열]을 통해 그중 2문의 천자총통을 방열했다. 그리고 다시 한번 [동시 방열]을 해 추가로 2문의 천자총통을 방열했다.

"이건 되는군."

방열을 여러 번에 걸쳐 하는 건 가능했다. 쿨타임도 3초 정도로 짧고.

수련치가 찼기 때문에 나는 [동시 방열]의 랭크를 F로 올렸다. 그러자 동시에 방열할 수 있는 포문의 수가 3문으로 늘었다. 이건 방열만 반복하면 금방 랭크를 올릴 수 있을 것 같다.

"다음은 [동시사격]인가."

나는 [마법포 사격]을 사용했다. 콰쾅! 그러자 방열했던 [천자총통] 중 2문에서 포가 발사되었다. [동시사격]은 패시브니 뭐. [자동 재장전]이 발동하면서 연사가 가능해졌으니, 난 사양 않고 발사했다. 콰쾅!

[동시사격]의 랭크도 F랭크로 올리자, 이것도 3문 동시 발사

가 가능해졌다.

다음은 [강화 마법포탄 생성]인가. 스킬을 사용하자 마력이 소모되었다. 그 소모되는 마력을 뇌속성으로 변환해 넣고… 발사!

꽈르릉!

"오오!"

3문의 [천자총통]에서 번개가 발사되어 뻗어나갔다! 일반적인 마법포탄은 평소엔 물리법칙을 잘도 무시하는 주제에 아름다운 포물선을 그리며 뻗어나가는데, [강화 마법포탄 생성]으로 인해 강화된 뇌속성 포탄은 달랐다. 마치 라이트닝 볼트를 연상케 하는 궤적!

"아름다워!"

내가 변환할 수 있는 마력 속성은 총 4종류. 불과 번개, 그리고 빛과 생명이다. 하나하나 다 실험해 봐야겠다. 어떤 일이 일어날지 너무 궁금하다.

그 전에 수련치가 찬 스킬들부터 랭크를 올리고.

"자, 가자!"

Chapter 8

　그래 하고 남자는 가벼이 대꾸했다. 뒤에서 그 표정을 짐작
하긴 어려우나, 목소리의 톤으로 들어 아마도 남자는 웃고 있
으리라고 여자는 추측했다.

　"로제펠트는 죽어 마땅한 자였어. 무고한 소년들을 고문하
고 세뇌시킨 후 죽음으로 내몰고, 희생된 소년의 목숨값으로
돈을 벌던 자였지. 그런 범죄자가 죽어 나자빠지다니, 속이 다
시원하군."

　그런 남자의 말에, 여자는 섣불리 입을 열지 않았다. 남자
가 어떤 의도로 그런 말을 하는지 곱씹는 것이 그녀의 일이었
다. 아니, 일이라기보다는…….

목숨을 부지하기 위한 팁이라는 말이 더 정확하리라.

남자는 웃는 낯으로 뒤를 돌아보았다. 여자는 자동적으로 돌아 오른 소름을 감추기 위해 경직된 열중쉬어 자세를 풀지 않았다.

"그러고 보니 자네는 군인 출신이로군."

"그렇습니다."

이 말에는 대답을 해도 된다. 아니, 대답을 해야 한다. 여자는 살얼음판을 걷는 기분으로 눈치를 보지 않는 척 남자의 눈치를 보았다. 당연하지만 대단히 힘든 일이었다.

"어느 정도 진행됐지?"

의문문. 대답한다.

"교단 외부는 물론이고 교단 내부에서도 교단과 로제펠트의 관계성을 증명하는 건 완전무결하게 불가능합니다."

"그런가. 괜찮군. 다른 파벌과의 연결 고리를 만들어두는 것도 나쁘지 않았을 텐데……."

함정이다. 남자는 그런 걸 현장의 독단으로 처리하는 것을 좋아하지 않는다. 그러므로 여자는 그런 공작은 벌이지 않았으며, 남자의 방금 발언은 혼잣말로 판단해 대답하지 않았다.

정답이었다.

"그렇다면 TV를 통해 인류연맹에서 아무리 프로파간다를 흩뿌려도 아무런 의미도 없겠어."

남자가 지금 보고 있는 TV를 통해 예의 프로파간다가 선전

되고 있었다. 인류연맹 소속의 대변인이 열변을 토해내고 있었다. 최악의 범죄자 로제펠트 합트크누플이 척살되었다. 그놈은 교단과 연결 고리가 있다. 뭐 그런 내용이었다.

"오히려 역효과를 불러일으킬 겁니다."

여자는 단언했다.

"그렇지. 교단의 이미지메이킹은 완벽하니까."

남자는 끌끌거리며 혀를 찼다.

"외부의 적이 좀 위협적인 면이 있어야 우리도 내부 결속을 좀 할 텐데. 저래서야 안 되겠어. 차라리 만마전의 녀석들을 지원하는 게 좋을지도 모르겠군."

뭔가 중요한 내용이 나온 것 같지만, 여자는 흘려들었다. 남자 밑에서 오래 살아남는 법은 못 본 척, 못 들은 척, 눈치 못챈 척하는 것이다. 이 삼 원칙을 지켜왔기에 여자는 지금까지 살아남을 수 있었다.

"어쨌든 이번 녀석은 좀 씹어 먹을 거리가 있어 보이는군. 어포슬을 상대로 살아남다니 대단한 녀석이야."

이번 녀석. 로제펠트를 파견한 원인. 남자가 직접 행사한 [지배의 권능]을 풀어버린 대상.

여자가 생각하기에는 반드시 파멸시켜야 할 상대였지만, 그녀는 자신의 의견 따위를 제시하거나 하지는 않았다. 어쩌시겠습니까, 따위의 질문을 할 수 있을 리 없다.

그저 여자는 남자의 이어질 말에 집중했다.

"주시 대상에 포함시켜 둬."

"주시 대상에……."

말입니까? 하고 되묻고 싶은 충동이 그녀를 뒤흔들었다. 그도 그럴 만했다. 주시 대상에 포함하라는 건 사실상 그냥 놔두라는 소리다.

어째서? 놈은 교단의 위협 세력으로 자라날 가능성이 있었다. 조금쯤 소란을 일으키더라도 지금 당장 처치하는 것이 정답이다. 여자는 그렇게 진언하고 싶은 마음이 굴뚝같았지만…….

여자는 초인적인 인내력을 발휘했다.

"…포함시켜 두겠습니다."

"그래, 그러면 돼."

남자는 여자의 속내를 들여다보기라도 한 듯 끌끌 웃었다.

"네 맘대로 처리하지 말고, 내 말대로 하라고."

"알겠습니다."

여자는 마음속으로 결론을 내렸다.

미래에 교단을 위협할 수도 있을 가능성을 미연에 방지하는 것보다는 당장 자기 목숨과 안위가 훨씬 중요하다고 말이다.

*　　　*　　　*

황금과 보석으로 장식한 옥좌에, 악마가 한 마리 앉아 있었다.

악마라고 해도 겉보기에는 천사와 별다를 바가 없었다. 반짝이는 아름다운 백금발에 수염은커녕 모공조차 눈에 띄지 않는 백자 같은 피부, 그리고 사파이어처럼 빛나는 눈동자. 높은 콧대에 도톰하고 붉은 입술.

보기 좋게 부풀어 오른 가슴과는 정반대로 내장이 있긴 한 건가 의심스러울 정도로 쏙 들어간 배와 허리. 쭉쭉 뻗은 긴 팔과 다리에는 잡티 하나 끼어 있지 않았고, 손가락은 물론 발가락마저도 매혹적인 곡선을 그려내고 있었다.

그야말로 매력이라는 단어를 그대로 형상화해 놓은 것 같은 외견을 취하고 있었으나 방심해서는 안 된다. 이 악마는 인간을 유혹하는 것이 자신의 일이었기에 스스로의 외모를 이렇게 조형해 놓은 것에 불과하니.

"그것도 옛일이지."

악마는 더 이상 스스로를 다듬을 필요가 없어졌음에도 여전히 아름다운 외모를 유지했다. 단순한 취미의 영역이라 부르기엔 들이는 노력이 지나치게 많지만, 이 외모를 통해 무언가를 얻는 일은 특별히 없으니 역시 취미의 영역이었다.

"하긴, 하는 일이 특별히 없으니 여흥 삼아 하는 짓이지."

손톱을 다듬으며, 악마는 혼자 쿡쿡 웃었다. 그러나 조금 시간이 지난 후, 악마는 더없이 진지한 눈으로 다듬은 손톱을 확인했다. 갈라진 곳 하나라도 용납하지 않겠다는 듯, 마치 생산된 반도체를 검수하는 것 같은 눈빛으로.

똑똑.

노크 소리가 들렸다. 그 소리를 들은 악마는 큼큼, 목소리를 한번 가다듬고는 천상의 노랫소리처럼 아름다운 목소리로 이렇게 말했다.

"들어와라."

그러자 문이 열렸다. 악마가 앉아 있던 옥좌와 마찬가지로 반짝이는 보석과 황금으로 치장된 문이었으나, 그 문을 통해 들어온 것은 어울리지 않게 시커먼 것이었다.

"얼른 문을 닫아."

그 시커먼 것을 본 악마는 불쾌한 듯 지시했고, 들어온 자는 그 지시에 따라 문을 닫았다. 그제야 들어온 자에게서 시커먼 것이 벗겨졌다.

회색 천으로 몸을 감싼 그자는 악마와 달리 그리 아름답지 않았다. 과거에는 다소 미색이 묻어나는 외모였을지도 모르나, 스트레스와 정신적 고통으로 인해 주름지고 눈 밑은 거뭇거뭇해 보기 딱할 정도였다.

이 공간에서 가장 아름다운 것은 자신이라는 생각에, 악마는 즐겁게 웃으며 방문객에게 말을 걸었다.

"오늘은 내게 무슨 소식을 가져왔지? 타락한 천사여."

타락한 천사. 악마에게 있어선 아슬아슬하게 욕설이 아닐 그 호칭은 눈앞의 상대에겐 그저 사실의 나열일 뿐이었다. 회색 천 밑에 숨겨진 것은 다름 아닌 뜯긴 빛의 날개였으니까.

자신의 주인에게 멸칭으로 불렸음에도, 타락한 천사는 익숙하게 그 호칭을 받아들였다. 그녀는 그저 악마의 지시를 수행할 따름이었다.

"로제펠트 합트크누플이 죽었습니다."

"로제펠트가? 그것 참 안타까운 일이로군. 그는 성실한 계약자로 내게 큰 이익을 가져다주었는데. 고인의 명복을 빌도록 하지."

"그리고 그 건에 대해 연락이 한 건 있었습니다."

타락한 천사는 인벤토리에서 밀봉된 편지를 꺼냈다. 스킬로 봉해진 그 편지는 정당한 수신인이 아니고선 그 누구도 읽을 수 없다. 악마는 타락한 천사의 손에 들린 편지를 염동력으로 끌어와 자신의 앞에서 펼쳤다.

그리고 그 아름다운 입술을 찡그렸다. 불을 일으켜 곧장 편지를 태워 버린 악마는 뱉듯이 지시했다.

"남작급을 셋 보내."

그런 악마의 지시에, 타락한 천사는 우물쭈물하며 망설이다 조심스럽게 입을 열었다.

"…부디 명확한 지시를."

"하, 그랬지. 넌 독심술을 못 썼지."

물론 악마는 그 사실을 이미 인지하고 있었다. 그저 심술을 부린 것뿐이었다. 그러나 그 심술 때문에 타락한 천사의 얼굴은 파랗게 질리고 말았다.

타락한 천사의 그 표정을 보며 기분이 조금 나아진 악마는 종이를 한 장 꺼내 손바닥으로 슥 만졌다. 그러자 종이 위에 멋대로 문장이 나열되기 시작했다.

악마는 문장이 나열된 종이를 타락한 천사에게 던져주었다.

"그대로 이행하도록."

"알겠습니다."

타락한 천사는 도망치듯 방을 나섰다. 방 밖에 도사리고 있던 찐득거리는 시커먼 것이 그녀를 기다렸다는 듯 휘감았지만, 그녀는 아랑곳 하지 않고 그것들 사이로 몸을 던졌다.

*   *   *

이진혁이 명화 '고요하고 안정된 광기'로 들어간 지도 어느새 일주일이 흘렀다.

"선배, 어쩌면 일 년 이상 안 나올지도 몰라."

이미 한 번 당해본 적이 있는 안젤라가 가장 먼저 그 가능성을 떠올렸다.

"이러고만 있을 수는 없어. 뭐라도 해야 하지 않을까?"

"하지만 안제, 우린 마스터께 여기에서 잘 놀고 있으라는 명령을 받았어."

어느새 안젤라와 말을 튼 케이가 그렇게 말했다.

"케이 누나 말이 맞아. 안제 누나. 로드 뜻대로 우린 여기서 잘 놀고 있어야 해."

키르드도 한마디 보탰다. 그도 케이나 안젤라와 말을 튼 상태였다. 같이 노는 데는 그게 더 편하다는 안젤라의 제안으로 이뤄진 일이었다.

"게다가 그 말을 꺼낸 타이밍이 안 좋잖아. 룰렛 숫자가 안 좋게 나오자마자 그런 말을 꺼내다니 설득력이 없어도 너무 없어."

키르드는 팩트를 안젤라의 명치에 쳐 박았다.

"큭!"

안젤라, 케이, 키르드. 세 사람은 지금 [인생게임] 중이었다.

[인생게임]은 안젤라가 인류연맹 통신용 디바이스의 경매 기능을 통해 충동구매 한 것으로, 구 지구 인류의 인생을 모사해 놓은 보드게임이었다.

룰렛을 돌려 입학을 하고, 룰렛을 돌려 직업을 얻고, 룰렛을 돌려 배우자와 결혼하고 아이를 낳아 인생의 종착점에 도착하면 점수를 계산해 승패를 겨룬다.

그리고 안젤라는 방금 교통사고를 당했다. 물론 게임 안의 이야기다. 이번 게임은 꽤 아슬아슬하게 진행되고 있었기에 꽤나 치명적인 사고였다.

여담이지만 처음 이 게임을 할 때 케이는 교통사고라는 개념을 잘 이해하지 못했다. 안젤라가 마차 같은 거에 사람이 치인 사고라고 설명하자, 마차가 뭐냐고 물었었다. 물론 게임을 시작한 지 일주일이나 지난 지금은 더 이상 그런 질문은 하지 않는다.

안젤라는 문득 일주일 전이 그리워졌다.

"일주일 전에는 나한테 높임말 썼으면서……."

"말 놓으라고 한 건 안제야."

태클은 곧장 날아왔다. 케이로부터였다.

"그건 그렇지만……."

"설령 그만 놀고 어떤 다른 걸 해본다고 하더라도 이 게임은 마치고 하면 되잖아? 뭘 할지는 모르겠지만……."

키르드가 부드러운 목소리로 안젤라를 달랬다. 물론 그 내용은 안젤라의 꼼수를 용납하지 않겠다는 의미를 담고 있었지만 말이다.

문득 안젤라는 서러워졌다.

사실 솜씨 능력치를 잘 활용하면 이런 게임 하나쯤 일방적으로 해먹는 건 별로 어려운 일이 아니다. 안젤라의 솜씨 능력치쯤 되면 이깟 룰렛, 열 바퀴를 돌리더라도 원하는 위치에 핀이 멈추도록 힘 조절이 가능하니까.

문제는 이 [인생게임]이라는 아이템이 [유물]급이고, 플레이어의 스킬과 능력치의 개입을 무효화하는 특수한 기능을 부여받았다는 점이었다. 이는 [공평한 게임]이라는 옵션으로 제공되고 있었다.

이런 옵션이 있는 편이 더 재미있을 거란 생각에 유물 아이템 경매에 참가했었고, 안젤라는 경매에 승리해 이 아이템을 손에 넣었다.

달리 입찰자가 없어서 만약 안젤라가 입찰하지 않았다면 유찰될 물건이었다는 점에서 승리라는 단어는 조금 안 어울릴지도 모르지만, 어쨌든 그녀는 승리했다고 느꼈고 그렇기에 기뻐했다.

하지만 지금은 후회하고 있다. 이럴 줄 알았다면 평범한 [인생게임] 쪽이 더 나았으리라.

아니, 이깟 게임 좀 져줘도 된다. 뭘 걸고 하는 내기 게임도 아니다. 패배에 아무런 페널티도 없었다. 사실은 일부러 좀 져주면서 애들과 친해질 생각이었다. 그런 생각으로 산 게임이었다.

하지만 안젤라는 사흘 전부터 한 판도 못 이겼다. 승리가 고팠다. 한 번이라도 이기고 싶었다. 그래서…….

"이 게임 산 거 나야! 내 돈으로 산 거라고!"

그녀는 결국 추해지고 말았다.

순식간에 분위기는 싸해지고, 어색한 침묵이 내려앉았다.

본래 의도와 정반대로, 최악의 결말에 이르렀다.

이러려고 산 게임이 아닌데. 이러자고 하잔 게임이 아닌데.

그녀의 두 눈망울에 눈물이 차올랐다. 한번 서럽다고 생각했더니, 한없이 서러웠다.

"뭐야? 안젤라, 왜 울어?"

그때였다. 구원의 손길이 찾아든 것은.

이진혁의 목소리였다.

"선… 배!"

뒤를 돌아보자 이진혁의 모습이 보였다. 그는 막 '고요하고 안정된 광기'에서 나오는 중이었다.

안젤라는 이진혁에게 와락 안겨 들었다. 그리고…….

"으아아아아앙!!"

오열했다.

＊　　　＊　　　＊

내가 '고요하고 안정된 광기'에서 일주일간의 수련을 마치고 나왔을 때, 바깥에서도 일주일의 시간이 지났다는 것은 안젤라에게서 들었다. 기묘하게도 바깥과 가상공간의 시간 흐름이 우연히 일치했던 모양이었다.

그 일주일 동안, 이들은 인생게임을 하고 있었다고 한다. 그리고 사흘 동안 단 한 판도 이기지 못한 안젤라가 그 분함을 이기지 못해 그만 추해지고 말았다는 것도 들었다.

그렇게 키르드로부터 자초지종을 들은 나는 결론을 내렸다.

"애들아, 아이스크림 먹을래?"

이 문제에는 개입하지 말자, 고.

명백히 따지고 들자면 잘못한 건 안젤라지만, 그녀를 탓하기엔 그녀가 너무 서럽게 울고 있었다. 일주일 내내 인생게임을 하고, 사흘 내내 이기지 못했던 상황이란 건 나도 겪어보지 못했던 일이다. 지금 안젤라는 대체 어떤 심경일까? 솔직히 잘 상상이 안 간다.

더군다나 이 비극은 내가 마지막으로 남긴 말이 '잘 놀고 있어'였기 때문에 일어난 일이라고 할 수 있었다. 내 책임이 완전히 없지도 않은 셈이다.

이제부터 앞으로는 절대 '고요하고 안정된 광기'에 들어갈 땐 이들에게 잘 놀고 있으란 말은 남기지 않기로 다짐하며, 나는 애들 먹일 아이스크림을 사기 위해 레벨 업 마스터를 켰다.

―안녕하세요, 대영웅님! 로제펠트 합트크누플 격살에 따른 현상금을 받아왔어요!!

그러자 바로 크리스티나가 날 반겼다.

"오, 그것 참 반가운 소식이로군."

―인류연맹은 물론이고 다양한 단체와 세력에 현상금이 걸려 있어서, 이걸 전부 인류연맹의 금화로 교환하는 건 아깝다고 생각해서 대영웅님께 도움이 될 만한 거라고 판단되는 건 현물로 받아왔습니다.

물건이라. 뭐, 크리스티나가 설마 내게 해가 될 만한 일을 하진 않았을 거라고 믿는다. 사실 중간에서 해먹기엔 금화로 환전하는 게 더 이익이었을 테고 말이다.

─만약 마음에 안 드시면 상점을 통해 매각하셔도 되고요. 대영웅님의 명의로 경매를 진행한다면 더 높은 값을 받으실 수 있을 거예요.

"그건 별로 좋은 생각 같진 않네. 내 이름을 걸고 경매를 통해 팔면, 내게 그 물건을 준 자가 불쾌해할 거 아냐?"

─아하하, 그런 걱정은 안 하셔도 돼요.

크리스티나는 밝게 웃었다.

─대영웅님은 스스로 어떤 대업적을 세우셨는지 아직 자각을 못 하신 모양이네요! 로제펠트가 왜 이제껏 잡히지 않았고, 각 세력에서 현상금까지 걸었는지 생각해 보세요.

"그거야 로제펠트가 잘 숨어 다녀서 그런 거 아냐?"

─잘 숨어 다닐 수 있다는 것 자체가 강하다는 증거예요.

아, 하긴. 그렇군. 아무리 물리적으로 잘 숨어도 스킬이라는 게 존재하는 이상 한계가 있다. 결국 능력치와 스킬이 없이는 잘 숨어 다닐 수도 없다. 능력치와 스킬을 쌓기 위해서는 레벨을 올려야 하고, 자연히 그만큼 강해질 수밖에 없다.

─게다가 그냥 숨어 다닌 것이 아니라, 계속해서 범죄를 저질렀죠. 납치, 살인, 강도…… 인류연맹뿐만 아니라 누구나 싫어하는 일들을요.

그냥 숨어 있는 것뿐이라면 나도 한다. 실제로 나도 지금 숨어 있고 말이다. 하지만 로제펠트는 각 세력에 현상금이 내걸릴 정도로 날뛰었다.

―대영웅님께서는 인류연맹에서 이미 대영웅이시지만, 이번 일로 인해 다른 세력에서도 영웅임이 알려졌어요. 그런 영웅님께서 물건을 좀 파신다고 대놓고 싫어할 세력은 없어요. 있다면 뭐, 교단 정도일까요?

교단과는 이미 틀어질 대로 틀어진 거나 다름없는 사이다.

"그럼 상관없군."

―네, 상관없어요.

"알았어."

나는 알아들었다.

"그럼 이제 뭘 가져왔는지 보여줘."

*　　　*　　　*

인류연맹으로부터는 금화 10만 개와 전설급 유물 장신구 선택권 3매를 받았다.

"이번에는 능력치 주사위나 스킬 안 줘?"

―그야 그렇죠. 이건 어디까지나 현상금인걸요? 다른 세력에서 차지할 수도 있는데, 전력 누출이 될 수도 있는 보상을 내걸 수는 없는 노릇이잖아요.

그렇군. 그동안 능력치 주사위나 스킬을 퍼 준 건 어쨌든 내가 인류연맹의 소속이었기 때문이었다. 게다가 훈장의 포상이었고 말이다.

그래도 의문은 남는다.

"유물은 누출이 안 되고?"

—그건… 현상금을 내거는 도중에 세력 간에 경쟁이 붙는 바람에……. 그나마 대영웅님께서 현상금을 차지하셔서 다행이네요!

어이없는 결말이었다.

그리고 인류연맹의 하워드 가문에서 따로 사례를 해왔는데, 금화 10만개와 하워드 가문 전속 그랜드 마스터 셰프의 5성 요리 시식권 5매가 바로 그것이었다.

가문 하나가 연맹 전체와 비슷한 보상을 해줄 수 있다니, 재력이 대단한 모양이다. 돈보다 더 부러운 건 가문 전속 셰프를 데리고 있을 수 있다는 것이었다. 과연 인류연맹의 3대 가문이라고 해야 하나.

게다가 이게 전부가 아니라, 키르드를 성공적으로 가문으로 되돌려 보내주면 그에 상응하는 보상을 추가로 하겠단다.

"대단하군."

—대단하죠?

"그래, 대단해."

하지만 어째선지, 이걸 받고도 꼭 키르드를 하워드 가문으로 되돌려 보내야겠다는 생각은 그리 크게 들지 않았다.

뭐, 키르드 본인이 결정할 문제지.

—그리고 교단에서는요.

이어진 크리스티나의 입에서 나온 단어에 나는 순간 귀를 의심했다.

"교단!? 교단에서 현상금을? 나한테?"

—그야 그렇죠. 교단도 체면이 있는데. 걸어둔 현상금을 지급하지 않을 리 없죠.

나는 명백한 교단의 적이다. 인류연맹 소속이기도 하고, 이제까지 교단 소속을 많이도 죽여왔다. 하지만 그건 그거고 이건 이거라는 건가.

"대단하군."

—대단하죠.

뭐, 그거야 그렇고.

교단에서 내게 준 현상금은 다음과 같았다.

[진은제 헤일로]와 신화급 유물인 [진리의 검].

진은은 교단 특산물로 교단이 진은 광산을 독점하다시피 하고 있어 그 가치는 같은 무게의 금보다 수백 배 더 비싸다고 한다. 그걸로 만든 헤일로, 그러니까 천사의 머리 위에 올라가 있는 광륜 같은 거다.

내가 하고 싶은 말은 이거였다.

"그거 장비품이었냐!"

이제껏 꽤 많은 수의 교단 끄나풀, 그러니까 천사들을 잡아 왔음에도 단 한 명도 헤일로를 드롭 템으로 주지 않은 건 좀 억울하다. 난 행운이 꽤 높은 편이니 억울하다기보단 이상하 다고 해야 하나? 어쩌면 그들의 헤일로는 사실 장비품이 아니 었을 가능성도 있겠다 싶다.

―교단에서 천사로 종족 변경하면 일반 헤일로가 달린 상 태로 변경된다고 하던데요. 더 좋은 헤일로를 구하면 바꿔 낄 수도 있는 모양이지만 이 진은제 헤일로가 좀 비싸야 말이죠.

아, 그렇군. 그렇다면 드롭템이 안 나온 것도 납득이 된다.

―진은이 교단에서 생산량을 통제해서 가치가 더 상승한 것도 있지만, 이 진은제 헤일로가 대단한 가치를 지닌 것도 사 실이에요.

허, 지구 시절 다이아몬드와 같은 일이 일어난 건가. 다이 아몬드도 생각보다 흔하고 인조 보석을 만들어낼 수 있을 정 도인데 그렇게 가격이 높았던 건 독점과 생산제한, 그리고 이 미지 전략이 만들어낸 허상 덕이었으니 말이다.

마음속으로는 그렇게 폄하하면서, 나는 진은제 헤일로를 꺼 내보았다.

[진은제 헤일로]
―분류: 헤일로

-등급: 성물

　-내구도: 1,000/1,000

　-옵션: 신성 +25, 위엄 +50, [헤일로]

　└ [헤일로]: 활성화 시 소모한 신성의 회복 속도 +100%

　-설명: 유일 교단의 최고위 성물 제조창에서 심혈을 기울여 만든 진은제 헤일로. 굳이 철사로 고정할 필요는 없다. 그저 머리 위에 띄워 올리는 것만으로 천사장에 준하는 신성과 위엄을 얻을 수 있다.

그리고 인정할 수밖에 없었다. 진은의 가치, 정확히는 이 진은제 헤일로의 가치를 말이다.

신성을 올려주다니! 신성 25의 가치는 금화로 환산하기 힘들 정도다. 위엄은 어디다 쓰라고 올려주는지 잘 모르겠지만, 그거야 뭐 어쨌든.

활성화 효과인 [헤일로]도 마음에 든다. 아무리 넥타르 덕에 내 신성이 많이 쌓였다지만 다시 쌓이는 속도가 신경 쓰여 마음껏 쓸 수 없었는데, 회복 속도를 두 배로 끌어올려 준다면 더 원활한 스킬 사용이 가능할 터였다.

[진리의 검(Sword of Truth)]

　-분류: 무기, 유물(Artifact)

　-등급: 신화(Myth)

―내구도: 1,000/1,000

　―옵션: 공격력 +1,000, 빛 속성/불꽃 속성 스킬 위력 +20레벨

　―고유 사용 효과 [불꽃의 검]: 신성을 소모한다. 활성화 시 추가 공격력 +1,000을 부가해 주며 [인간]과 [악마]를 대상으로 100%의 추가 피해를 입히는 불꽃을 검에 입힌다. [불꽃의 검]에 직접적으로 타격당할 경우 상대는 지속적으로 적에게 불꽃 피해를 입는 [염멸] 상태이상에 걸린다. [염멸] 상태이상은 극도 상태이상으로 분류되며, 평범한 수단으로 해제되지 않는다. [염멸] 상태이상은 중첩시킬 수 있으며, 중첩시킬수록 지속 피해를 강화하고 적을 약화시켜 [불꽃의 검]으로 인한 피해를 추가적으로 입게 만든다. 이로 인한 추가 피해는 1,000%까지 늘어날 수 있다.

　―고유 지속 효과 [낙원의 수호자]: [불꽃의 검]이 활성화되어 있을 경우 자동적으로 발동한다. [낙원의 수호자]가 발동되어 있는 동안은 적으로부터 입는 피해의 90%를 무효화하며, 위치를 강제로 이동시키는 스킬에 대한 저항력이 1,000% 상승한다. [진리의 검] 소유자의 등 뒤 일정 범위를 [성지]로 지정할 수 있다. [성지]는 적대적인 상대를 자동적으로 밀쳐내며, [진리의 검] 소유자를 쓰러뜨리기 전까지 완전무결한 보호 상태에 놓인다.

　―[숨겨진 옵션]

　―[숨겨진 옵션]

　―설명: 낙원을 지키는 천사가 들고 있었다고 전해 내려오는 검.

해당 신화에는 최초의 인류가 낙원에서 추방된 후에 등장한다.

신화급 유물도 굉장하다. 옵션의 숫자 자체는 [3대 삼도수군통제사 대장선 천자총통]보다 적지만 일단 기본 공격력 자체가 높은 데다 옵션으로 얻는 추가 효과도 절대적인 수준이다.

"…아무래도 자존심 싸움은 인류연맹이 교단한테 진 것 같은데."

결국 난 교단의 힘을 인정할 수밖에 없게 되었다.

─사실은 처음부터 싸움으로 성립할 것도 아니었죠. 규모 차이가 너무 커요.

인류연맹의 규모가 작다고 하더니 정말 작은 모양이다. 적어도 교단에 비하면 말이다.

"하지만 실제론 교단의 적일 터인 내게 이런 걸 주다니. 교단 관계자는 속이 좀 쓰리겠군."

─그런 의미에선 우리가 이겼네요!

뭐, 그런 걸로 해두자.

교단 외의 세력에서도 못지않은 포상이 주어졌다.

먼저 도관법인 천계에서는 전설급 보패 하나와 전설급 법구 하나, 마구니 동맹에서는 욕망의 독과 마라 파피야스의 오금뼈, 그리고 타천한 이들의 모임에서는 타천사의 포옹과 타천사의 구원이라는 전설급 두루마기를 보내왔다.

세력 이름만 해도 태클을 걸고 싶은 게 한가득이다. 대체 뭐야? 도관법인이라는 건. 마구니 동맹은 또 뭐고? 차라리 타천한 이들의 모임이라는 세력 이름이 정상적으로 보일 정도였다.

하지만 나는 굳이 따지고 들지 않았다. 받아먹고도 불만을 말할 수야 없으니 말이다. 여기선 조용히 넘어가고, 마음에 담아뒀다가 다음에 태클을 거는 게 나을 것 같았다.

─모두 금화 10만 개 이상의 가치가 있는 물건들뿐이로군요.

크리스티나는 씁쓸하게 중얼거렸다.

"아니, 크리스티나. 이건 네가 유능해서 다른 세력에서 더 귀하고 좋은 물건들을 뜯어온 거잖아. 자부심을 가져."

─그, 그렇죠. 저 대단해요! 에헴!!

원래 크리스티나가 이렇게까지 단순한 성격은 아니니, 그냥 내 술수에 넘어가 주는 편이 좋다고 판단한 결과가 이거였겠지. 그래도 그녀의 반응을 보고 있자니 은근히 웃음이 나왔다.

"수고했어."

─별말씀을요. 이게 제 일인 걸요!

그렇게 크리스티나를 돌려보내고, 나는 뒤를 돌아보았다. 애들이 뭔가를 고대하는 눈빛으로 손가락을 빨고 있었다. 아, 그러고 보니 아이스크림을 사주기로 했었지.

하지만 나는 아이스크림을 사기 위해 다시 레벨 업 마스터
를 켜는 대신, 다른 아이템을 인벤토리에서 꺼내 들었다.

[그랑 아티스테 오를레앙 오를레오가 그린 '천상의 맛']

"밥 먹자, 애들아."

*　　　　*　　　　*

가족끼리 싸웠을 때는 역시 외식이 최고다.

아니, 사실 우린 가족이 아니지만. 그리고 정작 난 가족이
란 걸 가져본 일이 없지만. 그거야 뭐 어떤가. 지금 중요한 건
그런 게 아니다.

'천상의 맛' 가상공간에서 '오늘의 고마운 한 끼'를 틀고 먹
는 5성 요리는 역시 각별했다. 게다가 난 일주일이나 쫄쫄 굶
은 상태였다.

"이거 너희 가문 전속 요리사가 직접 만든 요리라더군."

음식을 다 비운 후에 키르드에게 이런 말을 해줬더니, 맛있
게 잘 먹었던 그의 표정이 요상하게 변했다. 어린애의 표정으
로는 어울리지 않는 인생무상이 묻어나는 그의 반응에, 나는
결국 의문을 표시할 수밖에 없었다.

"왜?"

"아뇨, 전 이렇게 맛있는 건 태어나서 처음 먹어봐서요."

그야 그렇지. 아무리 인류연맹 3대 가문이라도 5성 명화에 5성 음악까지 틀고 5성 요리를 즐길 기회는… 잘 생각해 보니 많을 것 같다. 전속 요리사까지 있을 정도니 명화 한 점과 악보 한 장 사는 건 그리 어려운 일이 아닐지도 모른다.

그럼에도 불구하고 그 집안의 자손인 키르드가 '이렇게 맛있는 건 태어나서 처음 먹어본다'고 말하는 건 좀 이상하다. 그리고 집으로 돌려보내 주겠다는 제안에 그가 보였던 미묘한 태도. 기억은 되찾았고 세뇌도 풀렸음에도 그런 반응이었던 건 역시 신경 쓰인다.

하워드 가문에서의 키르드는 천덕꾸러기였을지도 모른다, 는 가설에 근거가 하나 더 추가된 셈이다. 아직 확정된 건 아니지만 말이다.

그렇다고 억지로 하워드 가문과 키르드의 속사정을 캐내고 싶은 마음은 들지 않는다.

나는 그랬다.

"너 하워드 가문의 자손이라며? 거기 꽤 명가라 그러지 않았어? 그런데도 이런 걸 처음 먹어본다고?"

그러나 안젤라는 그렇지 않았던 모양이다. 아무런 망설임 없이 직구를 쏴버리는 그녀의 태도에, 나는 입을 닫은 채 조용히 그녀를 응원했다.

그래, 사실 나도 궁금했다. 내가 물어봐도 되는 일이지만, 굳이 내가 직접 물어볼 필요는 없지 않은가? 가라, 안젤라!

키르드는 아차 싶었는지 입을 잠깐 다물었다가, 체념한 듯 약간의 한숨과 함께 다시 입을 열었다.

"안제 누나가 산 그 인생게임에도 있잖아."

"인생게임?"

인생게임이라는 키워드에 찔리는 점이 있는 안젤라의 목소리가 살짝 삐끗했지만, 키르드는 아랑곳하지 않고 마저 말했다.

"본처에게 내연녀를 들키는 이벤트 카드."

무슨 인생게임에 그렇게 하드코어한 이벤트가 들어 있는 거야? 내가 아는 인생게임은 초등학생부터 노년까지 폭넓게 즐기는 패밀리한 게임인데, 안젤라가 산 건 다른 건가 보다.

"아, 네가 가주와 내연녀 사이의 사생아였기라도 한 거야?"

"바로 그거야."

듣기에도 어두운 에피소드를 그 이야기의 주인공이 무릎까지 치면서 말하지 말아줄래? 게다가 아픈 점을 쑤신 장본인은 박수까지 치면서 맞혔다고 좋아하고 있다.

"아아, 그래서 이런 걸 처음 먹어보는 거구나."

"응, 맞아. 엄마가 죽고 본가에 굴러 들어갔는데, 잔반이라도 얻어먹을 수 있었으면 다행이었지. 굶는 게 보통이었으니까. 그런데 로제펠트에게 납치당했다고 가문에서 현상금까지 걸어서 날 찾다니. 영문을 모르겠어."

"그건 체면 때문이야, 키르드."

케이가 끼어들었다.

"어쨌든 가문의 일원이 납치된 것 자체가 가문의 수치, 그 일원을 되찾기 위해 현상금을 걸지 않는 것도 가주의 체면을 구기는 일이니 어쩔 수 없이. 자주 있는 일이지."

되게 아무렇지도 않게 아픈 곳을 쑤시는 것 같은데? 케이도 저렇게 안 봤는데, 저래도 되는 건가? 하지만 정작 그 말을 들은 키르드는 무덤덤하게 동의할 뿐이었다.

"그게 맞겠네."

내가 일주일간 자릴 비우고 있었던 동안, 내 생각보다 이들은 친해진 것 같았다.

"그렇다면 이번에 가문에 넘겨지게 되면 잘하면 변사체로 발견될 수도 있겠네."

아닌가? 안젤라의 이번 발언은 내가 생각해도 좀 심한 것 같은데. 인생게임에 사흘 내내 못 이긴 한이라도 푸는 것 같은데… 아니겠지?

그런데 키르드의 이어진 반응이 가관이었다.

"난 그래도 상관없어. 로드의 보탬이 될 수 있다면……."

따악!

청명한 소리가 났다. 내 꿀밤이 키르드의 이마를 내려친 소리였다.

"로, 로드?!"

꽤 아팠는지 키르드의 눈에는 눈물이 새어 나와 있었다. 이것도 힘 조절을 한 거란다. 내가 진심으로 때렸으면 넌 가루도 안 남았어. 그런 말을 하진 않았다.

"안젤라, 케이. 이거 설마 사전에 각본이라도 써둔 거냐?"

대신 난 다른 두 여자에게 물었다.

"아뇨."

"아닙니다."

둘은 곧장 고개를 저었다. 나는 한숨을 푹 내쉬었다.

인생게임에 지고서 펑펑 울긴 하지만, 안제는 기본적으로 교단에서 인스펙터까지 역임한 인재다. 케이는 아예 한때 신이었고 말이다. 두뇌 회전이 느릴 리가 없다. 눈치가 없을 리도 없고. 이야기가 시작된 시점에서, 분위기를 이쪽으로 끌고 올 계산을 마친 거겠지.

내 참. 어째 이상하게 이야기가 돌아간다 했다. 정정한다. 이 셋은 이미 충분히 친해졌다.

"미안하지만…… 아니, 미안하지도 않군. 키르드, 널 가문으로 돌려보낼 가능성은 지금 막 사라졌다."

그리고 나는 이 이야기에 종지부를 찍었다.

"네? 하, 하지만!"

이야기가 이렇게 되자 당혹해하는 건 키르드였다.

"하지만이고 뭐고 없어. 결정은 이미 내려졌고 난 번복할 생각이 없다. 그러니 키르드, 넌 닥치고 따라."

"아……."

"하워드란 성은 버려라. 넌 이제부터… 이 키르드다. 좀 이상하군. 뭐 어때."

나는 단호히 결정했다.

"부름에 대답해라, 이 키르드."

키르드의 천사 같은 얼굴이 마구 일그러지고, 눈에는 눈물이 차오르기 시작했다.

설마… 이번엔 너냐.

"으아아아아앙!"

슬픈 예상은 항상 빗나가지 않는다. 역시나 키르드는 서러운 울음을 터뜨리고 말았다.

아니, 대답을 하라니까. 그렇게 종용할 생각은 들지 않았다. 그냥 키르드의 뒤통수를 붙잡아 내 배에다 박고 머리카락을 마구 헝클어주었다.

따뜻하고 부드러웠다.

그리고 축축했다.

*　　　*　　　*

5성 요리를 최적의 조건에서 먹었기 때문에, 나는 또 레벨 업을 했다. 2차 직업은 역시 레벨 업에 필요한 경험치가 많기 때문인지, 5레벨밖에 올리지 못했다. 5레벨을 '밖에'라고 표현할 수 있을지 없을지에 대해서는 뭐, 나중에 생각하자.

그래서 지금 나는 포대 지휘자 6레벨. 그럼으로써 새로운 스킬을 얻었다.

[대포 교향곡 작곡]
─등급: 희귀(Rare)
─숙련도: 연습 랭크
─효과: [대포 교향곡]을 작곡할 수 있다.

이건 또 뭔……. 아니, 속단은 이르지. 효과 설명만 보고 실망하는 게 하루 이틀 일도 아니고. 나는 세부 사항을 열람했다. 그리고 이런 결론을 얻었다.

"매크로군."

포의 배치와 발사각, 발사 타이밍 등을 모두 기억시킨 [교향곡]을 '작곡'하고, 그 악보를 활성화시키면 사전에 정한 대로 포들이 발사되는 형식의 스킬이었다.

"지금 당장 올릴 필요는 없겠네."

S랭크 보너스가 살짝 신경 쓰이긴 하지만, 다른 옵션이 첨가되지 않는다고 가정할 때 별로 매력적이라고 보기엔 힘든 스킬이었다. 직업 설명 때 들은 [대파괴 오케스트라]와 겹치는

면도 있고.

만약 내 주력이 포격 스킬이면 일단 이거라도 올려서 당장의 전력 확충을 꾀해야겠지만 내 경우는 그렇지 않다. 지금 당장은 스킬 포인트가 부족하기도 하니, 일단은 그냥 내버려 두는 게 좋을 것 같았다.

"그래, 스킬 포인트."

레벨 업을 하는 것도 좋지만, 역시 쉽고 빠르게 스킬 포인트를 얻는 법은 스킬을 분해하는 것이었다. 그러려면 새 스킬을 얻어야 한다.

어디서? 쟤네한테서.

나는 안젤라와 케이; 그리고 키르드를 바라보았다. 어째 중간부터 목적이 좀 변질되긴 했지만, 얘들을 내 휘하에 거둬들인 가장 큰 이유는 다름 아닌 스킬이었다.

"……."

하지만 방금 전에 키르드가 울고 짜고 그랬는데, 지금 상황에서 스킬을 내놓으라고 닦달하는 게 과연 좋은 판단일까? 아무리 나라도 분위기 파악 정도는 한다. 타이밍이 안 좋다.

그러니 어쩔 수 없이 차선책을 택해야지.

주변을 탐색해서 지도 퀘를 깨면서 이 산지에 배치되어 있을 교단의 괴물을 상대로 스킬을 뜯는다.

꼭 괴물들을 처치하지 않아도 [현묘한 간파]를 켜면 스킬을 뜯는 것은 가능하니, 그냥 싸움만 걸고 적당히 스킬을 쓰게 만들었다 따돌릴 생각이다.

이러면 교단 쪽에 알람이 가는 일도 없겠… 지? 막상 마음을 먹고 나니 혹시나 하는 마음에 주저하게 된다.

흐음, 예전엔 좀 더 대범하게 행동했던 것 같은데. 역시 거둬서 먹이는 입이 늘다 보니 책임감 탓인지 약간 소심해진 것 같다.

충분히 준비를 하면 이 노파심도 사라지겠지. 그런 생각으로 나는 인벤토리를 열었다. 그리고 인류연맹으로부터 현상금 조로 받은 전설급 유물 장신구 선택권을 꺼내 들었다.

신화급 유물인 [진리의 검]보다야 못하겠지만, [천자총통]에 준하는 유물 세 점만 손에 넣을 수 있다면 전력 확충에 큰 도움이 될 터였다.

선택권은 전부 해서 3장. 신중하게 골라야겠지. 나는 선택 가능한 유물 리스트를 열람했다. 그리고 신중하게 골라야겠다는 생각은 금방 접혔다.

"[숨겨진 옵션]이 너무 많아……."

전설급 정도 되니 소유자의 자격을 보고 옵션을 개방해 주는 유물이 너무 많았다. 결국 직접 소유해 보지 않는 이상 옵션을 개방할 수 있는지조차 알 수 없으니, 상세 정보를 불러와 봐야 유물의 진가를 꿰뚫어 볼 수 있을 리 만무했다.

이렇게 된 이상 믿을 건 직감과 행운뿐이다. 나는 유물들의 상세 정보를 일일이 뜯어보길 포기하고, 그냥 리스트를 쭉 훑으며 직감이 가리키는 것을 골랐다.

그렇게 해서 고른 것이 이 세 유물이었다.

[루루의 십자석(Crossstone of Luru)]

—분류: 보물, 유물(Artifact)

—등급: 전설(Legend)

—내구도: 100/100

—옵션: 항마력 +25

[약탈자의 호부(Amulet of Reaver)]

—분류: 부적, 유물(Artifact)

—등급: 전설(Legend)

—내구도: 100/100

—옵션: 항마력 +20

[성 캐리어의 축복(Bless of St. Carrier)]

—분류: 성물, 유물(Artifact)

—등급: 전설(Legend)

—내구도: 100/100

—옵션: 항마력 +33

"으음……."

장신구라 그런지 같은 등급인 전설급 유물 무기인 [천자총통]에 비하면 옵션이 꽤나 빈약하다. 그만큼 항마력이라는 옵션이 비싼 옵션인 거겠지.

항마력은 찾아보니 악마를 상대로 유효한 특수 능력치로, 주로 퇴마사나 성기사 등의 직업이 주로 올린다고 한다.

"악마라……."

직감이란 건 예언과는 다르다. 직감은 그저 직감일 뿐이다.

하지만 255를 초과한 내 직감이 이런 치우쳐진 선택을 한 것에는 어떤 특별한 의미가 있을 것 같다.

예를 들어 앞으로 악마와 상대할 일이 있다든가, 뭐 그런.

"하하핫!"

크게 재미는 없는 해석이었다. 내 주된 적이 교단인데 난데없이 악마는 무슨. 그냥 우연의 일치겠지.

애초에 장신구인 시점에서 너무 많은 걸 바랄 순 없다. 그냥 한 종류로 특화라도 시켜두면 언젠간 쓸모가 있지 않을까. 뭐 그런 느낌으로 고른 거겠지. 리스트에 있는 것 중에 그나마 가장 쓸모 있는 유물들이라고 내 직감이 판단한 것에 불과할 터였다.

"교단 하나 상대하기도 빡센데 악마들까지 상대하라니, 농담도 심하지."

혼잣말을 해도 지워지지 않는 불안감의 정체는 대체 무얼까.

아니, 깊이 생각하지 말자.

"다른 보상품들이나 확인해 봐야겠다."

스멀스멀 기어 올라오는 불안감을 모른 체하며, 나는 다시 인벤토리를 뒤지기 시작했다.

『레전드급 낙오자』 5권에 계속…

초대형 24시 만화방

신간 100%, 샤워실, 흡연실, 수면실(침대석), 커플석, 세탁기 완비

■ 광명 광명사거리역점 ■

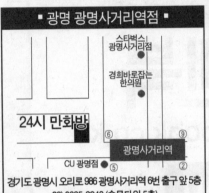

경기도 광명시 오리로 986 광명사거리역 6번 출구 앞 5층
02) 2625-9940 (솔목타워 5층)

■ 강북 노원역점 ■

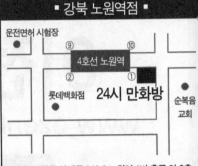

서울 노원구 상계동 340-6 노원역 1번 출구 앞 3층
02) 951-8324 (화용빌딩 3층)

■ 일산 정발산역점 ■

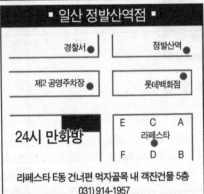

라페스타 E동 건너편 먹자골목 내 객잔건물 5층
031) 914-1957

■ 일산 화정역점 ■

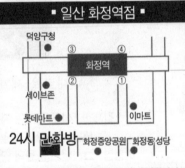

경기도 고양시 덕양구 화정동 984번지 서일빌딩 7층
031) 979-4874 (서일사우나 건물 7층)

■ 부천 역곡역점 ■

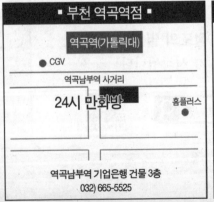

역곡남부역 기업은행 건물 3층
032) 665-5525

■ 부평역점 ■

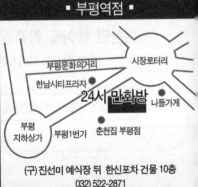

(구)진선미 예식장 뒤 한신포차 건물 10층
032) 522-2871